U0010049

德米安
徬徨少年時

赫曼．赫塞（Hermann Hesse）——著　趙麗慧——譯

告別徬徨，堅定地做你自己
全新無刪減完整譯本，慕尼黑大學圖書館愛藏版

DEMIAN

覺醒的人只有一項義務：
找到自我、固守自我，沿著自己的路向前走，
不論它通向哪裡。

CONTENTS

推薦序

赫曼・赫塞的本我、自我與超我

人權律師／尤美女

一本書之所以能成為世界名著，暢銷百年而不衰，便足以證明此書具有歷久彌新的價值。

作者赫曼・赫塞生於十九世紀，揚名於二十世紀，歷經兩次世界大戰。彼於一九一九年所發表的《德米安：徬徨少年時》一書，問世迄今已超過一個世紀，被翻譯成四十多種語言，即使在二十一世紀的今天，讀來仍令人悸動和深思。

雖然這是一本闡述青少年成長過程的迷惘、困惑、衝突、分裂、與超越克服、找到自我的歷程，但從主角辛克萊（或可將之視為作者赫曼・赫塞的化身）娓娓道來的過程，**我們也同樣跟著他一起檢視、回顧、反省自我成長、自我追尋的歷程。**

辛克萊在書中第一章即開宗明義地標示出「兩個世界」，寫道「在這個世界中還重疊著另一個世界，一個截然不同的世界，瀰漫著不同的氣息。我可以在一個世界中享受平靜、整潔、靜謐、心安、寬恕、仁愛與規矩的氛圍，然而，那個喧囂、陰暗與暴力的世界也有其存在的意義，一步之遙便形成鮮明的對比。有時候，我甚至想要生活在另一個世界中，因為每當我返回光明的世界，都覺得它似乎過於單調乏味」。

此段足以顯示，辛克萊在小小年紀即發現社會的階級、貧富、差異、教養的懸殊，形成兩個截然不同的世界。一個是光明、華麗、舒適、溫暖、養尊處優的世界，生活其中只要循規蹈矩，就能毫不費力地成為人生勝利組；而另一個世界則充滿野蠻、欺騙、暴力及叢林法則，升斗小民為求生存別無選擇地搏鬥。**辛克萊因不甘於單調乏味、鶴立雞群的優渥生活，盼望融入同儕中，而企圖穿梭於兩個截然不同的世界。**他在陰暗世界依叢林法則而撒謊，只為尋求認同卻成為被勒索、霸凌的藉口；回到光明世界，又因違背戒律不敢求援，以致沉淪為暗黑世界的奴僕而無法自拔。幸經貴人德米安即時伸出援手，拉他一把，使其生出勇氣而脫離暗黑世界。

這段經歷揭示了安逸的生活足以造成軟弱的個性，辛克萊**有興趣探索另一個世界，卻沒有鬥志擺脫它的糾纏**，然而生存競爭帶來變革，因此兩個世界均有存在的意義。不論英國《大憲章》的起草或法國大革命，都是暗黑世界底層人民生活無以為繼，光明世界卻窮奢極欲，在兩個世界的衝突極致下所致。底層人民奮起打破界線，促使世界往前邁進。

辛克萊在青春期性衝動的覺醒，光明世界視為洪水猛獸、禁忌、魔鬼的誘惑和罪孽，強以壓抑、卻解決不了青春的躁動和生理的需求；暗黑世界的縱慾、酗酒，滿足了生理需求，卻也招來光明世界的鄙夷。辛克萊與光明世界漸行漸遠、越發孤獨，兩者的衝突達到極致。幸經德米安的指引，**學習思考「禁忌」與「合理性」的問題，學會判斷並以意志力將欲望昇華為精神層次的愛慕**，並堅定內心、集中意志力，終能似新生鳥兒般脫殼而出。

本書始終圍繞著辛克萊的一幅畫「鳥的破殼展翅」。「鳥要掙脫出殼。蛋就是世界。人要誕生於世上，就得摧毀這個世界。」辛克萊藉由繪畫凝視內心世界，慢慢體悟**混亂的暗黑生活即是本我，睿智的德米安即是自我，完美優雅的德米安母親艾娃夫人即是超我**，這三位一體存在我心，如何經由兼融並蓄，使三者不互相攻訐而合而為一，即**找到自我，與自然保持和諧，了解未來的成長之路**。此即佛家所說的，佛就在心中，每個人都有佛性，經由修持，人人均可成佛；亦是禪宗所強調的**「明心見性」**；這是一條艱辛的道路，正如同鳥要破殼才能展翅，翱翔天際。

書中亦強調理性思考的重要：「有人可能終其一生都不曾違反法則，但這並不阻礙他成為一個混蛋。」這就是德國哲學家漢娜．鄂納所言「平庸的邪惡」。所以「人的一生就是探尋自我的過程，儘管未曾有人真正實現這個目標，但每個人都以各種方式，不論笨拙或明智，朝著這個方向努力。」同樣的，世界想要改變，世界的洪流將不再從身旁繞過，而是直接穿透我們內心。**她需要我們一起回應命運，**

沒有人是局外人。

全書結束在第一次世界大戰爆發之時。戰爭告終後，沙俄、德意志、奧匈、鄂圖曼四個帝國滅亡，舊王朝時代結束，歐洲進入另一個世代，辛克萊也進入了另一階段的人生旅程。

時值新型冠狀病毒病（COVID-19）肆虐全球，死亡人數數十萬計且每天仍快速增加，無一國倖免。全球苦無對策之際，讀此書頗有所感，特此推薦。

（本文作者尤美女為人權律師，婦女運動倡議者，《性別工作平等法》、《民法》〈親屬編〉、《性侵害犯罪防治法》等多項攸關婦女權益的法案之主要推動者。曾於二〇一二～二〇二〇年擔任民進黨不分區立法委員，於任內推動同志婚姻合法化，使臺灣成為亞洲第一個同婚合法化的國家。）

推薦短語

這是一部以極為精確的描寫擊中時代神經的作品。整整一代青年深信，一位代言人從他們生命深處發聲，他們滿懷感激且如癡如醉地被他吸引。

——德國諾貝爾文學獎得主／托馬斯．曼

讀赫塞的書，就像在暴風雨的深夜，感受到燈塔的閃耀。

——瑞士心理學家／榮格

我所追求的是一種自我理想映照的生活，在邁向這個目標的旅程之中，閱讀《德米安：徬徨少年時》是重要的一步。

——美國演員／詹姆斯．法蘭科

因為赫塞我喜愛上了一種獨白式文體，像日記，像書信，像孤獨時自己與自己的對話。赫塞的文學可能影響了整整一代的青年走向追尋自然、流浪、孤獨，追尋自我的覺醒。

——作家／蔣勳

光與暗，善與惡，理想與現實。我們經常如此二分世界，甚至需要這樣二分，才能界定自己的位置、確認前進的方向；但世界卻又複雜得不能被這樣二分。年少時誰都可以輕易地決絕，毫不退讓，可是一旦觸及世界那龐然的複雜，反倒一下子就會迷惘。相反地，如果太快就妥協，也可能只是被歲月磨耗得過於世故罷了。這本書的經典之處，正是探討何謂「真正的成長」。但那答案，必須要讀者親自跟著故事經歷一遍，才能領會其中奧祕、深刻與感動。

——作家／盛浩偉

前言

我的故事並不那麼歡樂，更不像虛構的故事那般甜蜜而和諧，反而充滿了荒謬、混亂、瘋狂與幻想，就像所有那些不願繼續自欺欺人的生活一樣。而在這個過程中，每個人都會面臨各種選擇。儘管未曾有人真正實現這個目標，但每個人都以各種方式，不論笨拙或明智，朝著這個方向努力。

我的故事，要從我那懵懂的童年說起，且似乎又可追溯到更遠一些的舊時日。

作家之於作品，如同上帝之於世界。作家能夠全盤把握作品的故事脈絡以及角色的生活軌跡，因此能夠如上帝般講述事實，而不加任何粉飾。我無法達到作家那樣的程度，但這個故事對我來說意義非凡，遠超過作品對作家的重要性，因為這是我自己的故事，故事中講的是鮮活的人，而非經過理想化處理、虛構的空洞角色。但若與前人相比，我們這個時代的人似乎彼此缺乏理解，儘管每個人都是大自然獨一無二的造物，卻陷於無情的殺戮[1]。如果個體缺乏獨一無二的特質，或一顆子彈便可一了百了，那麼本故事便毫無意義可言。然而，每個人都不僅僅為自己而活，而代表著與世界之間獨特、重要、非凡且具有偶然性的交融，因此每個人的故事都永恆而神聖，每個人的一生都意義非凡；每具肉體的精神都獨一無二，每個人的誕生都意味著造物主在忍受苦難，而每個人背後都有一位救世主被釘在十字架上[2]。

如今，幾乎沒有人能夠真正理解什麼是人。也正是因為無知，他

1 指第一次世界大戰，爆發於一九一四～一九一八年，此為一場重新瓜分世界和爭奪全球霸權的帝國主義戰爭。

2 即耶穌，在基督教中耶穌出於對世人的愛與救贖而被釘死在十字架上。

們才能安然地面對死亡。講完這個故事，我想我也能泰然處之了。

我並不認為自己比他人睿智多少。這些年來，我始終在努力探尋真相，現在的我，已經放棄觀星或閱讀，轉而開始聆聽自己內心深處的聲音。我的故事並不那麼歡樂，更不像虛構的故事那般甜蜜而和諧，反而充滿了荒謬、混亂、瘋狂與幻想，就像所有那些不願繼續自欺欺人的生活一樣。

人的一生就是探尋自我的過程，是通向自我的征途，更像是一條小徑的悄然召喚。而在這個過程中，每個人都會面臨各種選擇。儘管未曾有人真正實現這個目標，但每個人都以各種方式，不論笨拙或明智，朝著這個方向努力。每個生命都帶有其自身的出生痕跡，並始終銘刻在基因當中，直至死亡。一些生命從未進化成人，例如青蛙、蜥蜴或螞蟻，還有一些成功了一半，上半身是人，下半身是魚。然而，**每個人都代表著大自然在造人過程中的種種嘗試**。儘管我們擁有同個起源和母親，來自同一個深淵，但在奮鬥後總擁有不同的命運。**我們似乎能夠彼此理解，然而每個人所能詮釋的，只有他自己。**

第1章 兩個世界

在這個世界中還重疊著另一個世界，一個截然不同的世界，彌漫著不同的氣息。我可以在一個世界中享受平靜、整潔、靜謐、心安、寬恕、仁愛與規矩的氛圍，然而，那個喧囂、陰暗與暴力的世界也有其存在的意義，一步之遙便形成鮮明的對比。有時候，我甚至想要生活在另一個世界中，因為每當我返回光明的世界，都覺得它似乎過於單調乏味。

我的故事要從我十歲那年說起。當時我正在家裡鎮上的拉丁文學校讀書。

在我的記憶中，那段時光既有甜蜜也有憂愁。小鎮的巷子或陰暗或通明，兩側遍布各式住宅，遠處還有塔樓和鐘樓。家中的房間有些華麗、舒適、溫暖又令人放鬆，還有些隱藏著某種祕密。年輕的女僕、彌漫的藥材味，以及桌上的蜜餞，都讓我感到既溫暖又親切。

日與夜的交替創造了兩個截然不同的世界，彼此交織在一起。父母的房間自成一個世界，這個世界十分狹小，實際上僅有父母兩人生活在其中。我熟悉這個世界的種種，包括父母的慈愛與嚴厲，以及各種規矩與學業要求。這個世界陽光燦爛、明亮、潔淨，我們談話溫文儒雅，飯前洗手、衣著整潔，並時時刻刻保持禮貌。每日清晨，我們都會唱讚美詩，也會在聖誕節大肆慶祝。未來似乎一片坦然，既有責任、愧疚、懺悔、寬恕、善舉，又有仁愛、敬畏，以及《聖經》裡的智慧與箴言。一個人若想明明白白地生活，那麼他就應該竭盡全力維護這樣的一個世界。

然而，在這個世界中還重疊著另一個世界，一個截然不同的世界，彌漫著不同的氣息。這個世界的人們說著不同的語言、做著不同的承諾，並提著不同的要求。女僕與工匠生活在其中，他們時常講鬼故事並散播流言蜚語。整個世界充斥著驚悚卻又神祕的場所和事物，例如屠宰場、監獄、酒鬼、粗魯的婦人、產犢的母牛、奄奄一息的馬匹，以及搶劫、謀殺甚至自殺事件，**儘管野蠻、粗魯且醜惡，卻又極具誘惑**。它們就在周圍，甚至僅在一個巷子、一間房屋之外。隨處可見警察、流浪漢以及家暴的醉漢，年輕女工在傍晚時分從工廠中蜂擁而出，甚至會遇見某位老巫婆、藏在樹林中的強盜，以及被警察押解的縱火犯。這個世界的各個角落都充斥著混亂的氣息，只有在父母的房間才存有一絲秩序。這其實也是一種幸運，我可以在一個世界中享受平靜、整潔、靜謐、心安、寬恕、仁愛與規矩的氛圍，然而，**那個喧囂、陰暗與暴力的世界也有其存在的意義，僅僅一步之遙便形成鮮明的對比**。

這兩個世界緊密地重疊在一起，這一點著實令人費解。例如每天傍晚當我們進行晚禱時，女僕莉娜會事先洗手並整理圍裙，然後坐在客廳門口與我們一起祈禱，這時她便進入了我們所營造的這個光明、正義的世界。但當她回到另一個世界後，在廚房或柴棚，她彷彿變了一個人，她會講《無頭的小矮人》這樣的鬼故事給我聽；同時，她還會與隔壁肉店的老闆娘討價還價。這些都與我的生活息息相關。我是我父母的孩子，因此我毫無疑問屬於光明、正義的世界。但**不論我朝哪個方向走，都會邁入另一個世界**，我在這個世界中屬於一個陌生人，時常感到恐慌與內疚，但我確實也生活在其中。**有時候，我甚至想要生活在另一個世界中，因為每當我返回光明的世界，都覺得它似乎過於單調乏味**。還有些時候，我十分確定我會沿著父母的道路，過上一種質樸、有序而優越的生活。但在那之前，我需要規規矩矩地上學、考試。在這條路上，我必須穿過那個陰暗的世界。稍有不注意，便可能滯留其中。有段時間，我熱衷於閱讀一些關於少年誤入歧途的故事，這些故事的主人翁最終都迷途知返。儘管我認為結局就應該這樣，但我更感興趣的卻是那些邪惡與迷失。**說實話，有時候我並不希**

望看到浪子回頭，但甚至沒有人敢這樣想，更遑論大聲說出來了，這樣的念頭只能是一種暗示，掩藏在意識的深處。我能夠想像，經過一番偽裝或完全沒有偽裝的魔鬼就在樓下大街、市集或酒吧裡，但絕對不可能出現在我的家中。

同時，我的姊妹們也生活在光明世界裡。在我眼中，她們似乎與父母更親近。姊妹們更加溫文儒雅，當然偶爾也會犯個小錯，但與我相比，她們很少闖禍，嚴重程度也輕得多。我更傾向於接觸罪惡的事物，似乎離那個陰暗的世界更近；她們則像父母一樣更受人歡迎。每次我與她們吵架，事後總是自責，認為自己應該尋求原諒。冒犯她們即意味著冒犯父母，因為她們代表著真與善。於是，**我有什麼祕密寧願告訴街邊的無賴，也不願意與她們分享**。高興時，我也很樂於與她們玩耍，會像她們一樣乖巧，有如小天使一般。這是我記憶中最和諧的時刻，卻僅出現過寥寥幾次。在一般的情況下，玩著玩著我就會耍性子，然後我們便會開始爭吵，接著變得歇斯底里，做出一些連我自己都受不了的事，甚至說出很多難聽的話；之後，我會後悔自責連續好幾個小時，躊躇著祈求她們的原諒。最後，我會對她們的原諒心懷感激，重新變得開心快樂起來。

跟我同班的還有鎮長和林務官的兒子，我們之間還算熟識。他們雖然有些放蕩不羈，但整體來說，我們都屬於第一個世界的人。有時他們也會和我接觸，但我依然和鄰家一些讀公立學校的男孩走得更近。我們這個世界的人通常都看不起讀公立學校的孩子，但我卻更願意與這些人來往。

我十歲那年，趁著半天假期，我約了兩個鄰家男孩出門玩。半路上，我們遇到了弗朗茲．克羅默，他是鎮上裁縫的兒子，長得十分壯碩，同樣在公立學校讀書。他的父親經常酗酒，家庭的名聲十分不好。我聽說過他，也有些怕他，因此一點都不樂意他加入我們。他當時已有許多成年男性的特徵，並刻意模仿工廠工人的言行舉止。那天，他領著我們從橋頭爬下河堤，然後鑽進橋拱中。橋墩與緩慢流淌著的河水之間，有一條狹窄的帶狀區域，上頭堆積著一些垃圾、陶瓷碎片和生鏽的鐵絲等。有時候，可以在這個地方撿到一些有用的東西。

弗朗茲．克羅默要我們在這片垃圾堆中翻找，並指示我們把找到的東西交給他過目。克羅默會把其中一些東西裝進口袋，其他的則直接扔進河裡。他還命令我們翻找鉛、銅或錫製品，這些東西他都會帶走，那天我們還找到了一個舊的牛角梳。在他身旁，我總覺得惴惴不安。我知道，父親一定不會同意我跟他來往，**我也打從心底懼怕著他，但又十分高興他能接受我，而沒有什麼差別對待**。儘管那是我第一次見到他，卻很自然地聽從他的指令，這似乎早已成為老規矩。

翻找了一番之後，我們坐在一旁休息。克羅默朝著河面吐口水，這讓他看起來更像個成年人。他把唾沫從牙縫中吐出，可以準確地命中目標。漸漸地，大家的話匣子打開了，他們開始吹噓在學校中的英雄事蹟與惡作劇。**我坐在一旁，靜靜地聽著，但又害怕我的沉默會讓他不滿**。實際上，在遇到弗朗茲．克羅默之後，我那兩個朋友便開始有意無意地疏遠我。對他們來說，我彷彿是一個異類，我的行為和穿著與他們格格不入。我的學校、出身意味著克羅默不可能喜歡我，同時我還敏銳地察覺到，我的兩個朋友很快便會和我劃清界線。

最終，**在這種緊張的氣氛下，我編造了一個不曾發生過的故事。**我告訴他們，某一天晚上，我和一個好朋友悄悄鑽進磨坊旁的果園中，偷了滿滿一袋的蘋果，品質相當優良。我盡量語氣自然地講述這個故事，好讓他們接受。同時為了避免冷場，以及害怕情況惡化，我又詳細描述了一些細節。我告訴他們，當時我們一個負責把風，另一個爬上樹使勁搖晃樹枝。最後，袋子裝得太滿，我們不得不捨棄其中一半的蘋果，等半個小時過後才又折返，將剩下的一半帶走。

講完這個故事後，我停頓了一會兒，期待著他們的回應。我希望他們相信我講的故事。那兩個男孩默不作聲，等著弗朗茲·克羅默發表意見。他瞇起眼睛盯著我，以一種語帶威脅的口吻問道：

「這件事是真的嗎？」

「是。」我回答。

「你確定？」

「是，我很確定。」

我死死咬著這一點。

「你能發誓嗎？」

我開始有些擔心，卻立即表示可以。

「那你照著唸：『我以上帝和靈魂的名義發誓。』」

「我以上帝和靈魂的名義發誓。」於是我說。

「嗯，我相信你。」他說完，便轉過頭去。

我成功地瞞了過去，並慶幸他很快便站起來，準備打道回府。爬上橋之後，我有些遲疑地表示自己想回家了。

「那麼著急幹什麼？」克羅默笑著說：「我們順路，對不對？」

然後，他慢吞吞地走在前面，我卻不敢跑開；他的確朝著我家的方向走去。我倆逐漸走近，當我看到門上大黃銅門環、窗戶裡透出的光芒以及母親房間那熟悉的窗簾，我長長地舒了一口氣。

當我剛邁進門口打算關上門時，弗朗茲．克羅默緊跟著擠了進來。走廊裡十分陰冷，只有面向院子的一扇窗戶透入一絲陽光。他死死地挨著我，抓著我的胳膊壓低聲音說道：「別急著走嘛。」

我看著他，有些害怕，但他的手像鉗子一樣夾著我的手臂。我猜測著他想說什麼，是不是想傷害我；心中考量著是否該大聲呼救，應該有人能及時跑來救我。但最後我還是決定聽聽他想說些什麼。

「有事嗎？」我問道：「你想幹什麼？」

「也沒什麼，只是想問你一些事。但不能讓其他人知道。」

「喔，是嗎？我沒什麼能告訴你的。我得上樓了。」

接著，弗朗茲．克羅默輕聲問道：「你知道磨坊旁的果園是誰家的嗎？」

「不就是磨坊主人的嗎？或許吧？」

克羅默攀著我的脖子，用惡狠狠的眼神盯著我，笑得不懷好意，表情也十分殘酷。

「那麼，讓我來告訴你那是誰家的吧。我早知道有人偷了蘋果，而且我還知道果園主人願意出二馬克[3]懸賞盜賊。」

「哎呀，天哪！」我喊道：「你不會告發我吧？」

我覺得他沒有那麼好心。

3 德國貨幣單位。

他生活在另一個世界，背叛對他來說並不是什麼大事。我強烈地這麼覺得，他與我們並不是同一路人。

「不告發你？」他笑了：「小子，你在開玩笑吧？我難道會自己鑄幣嗎？我是一個窮鬼，不像你有一個富爸爸。既然有機會得到二馬克，那我絕不會放過。或許他還會多給我一點呢。」

語畢，他突然鬆開了我。**家門前那條長長的走廊現在讓我感到不安，世界似乎就要崩壞。**他會報警！我犯下大錯了。他會告訴我的父親，警察會來抓我。他在威脅我，我腦子裡一團慌亂。我到底有沒有偷蘋果已經不重要了，況且我已發過誓，保證自己曾犯下那些罪行。

我一下子委屈地想哭。我突然意識到可以買通他，於是拚命地從口袋裡翻找些什麼。

沒有蘋果、沒有小刀，什麼都沒有。忽然，我想起我還有一隻手錶，那是祖母給我的一隻稍微老舊的銀錶，指針已經不走了，我平時戴著它只是裝裝樣子。於是我迅速把錶摘了下來。

我囑咐道：「克羅默，只要你保證不告發我，我就把這隻手錶送給你。我一時也找不到其他東西，只有這個。這是銀做的，但有點小毛病，需要修理一下。」

他咧嘴一笑，抓過了手錶。我盯著他的手，就是那隻野蠻且懷有敵意的手，打破了我平靜的生活。

我遲疑道：「這真的是銀做的。」

「不管是什麼做的，這就是隻破錶。」他輕蔑地說：「你還是自己修吧。」

我很擔心他轉頭就走，只好打著哆嗦大聲喊：「弗朗茲！你等一下，等一下。你為什麼不拿著？這錶真的是銀做的，我手邊已經沒有別的東西了。」

他冷漠地望著我，帶著一絲輕蔑。

「喔？你知道我現在要上哪兒去嗎？或許我應該去趟警察局，我跟那些警察很熟的。」

他轉過頭作勢要走。我立刻抓住他的袖子，我不能讓他走。**我寧願死也不能讓他就這麼走了。**

我懇求道，發現自己的聲音變得有些沙啞：「弗朗茲，拜託你別去。你是在跟我開玩笑的，對不對？」

「對，我是在開玩笑。但你要多付出點代價。」

「那你告訴我，我該怎麼做？**你說什麼我就做什麼。**」

他瞇著眼，上下打量了我一番。

之後，他虛偽地說：「你別給我耍花樣，你明知道我現在就可以去賺那二馬克。我很窮，所以對我來說那可是一大筆錢。但你家很富有呀，你看，你隨隨便便都能拿出一隻手錶。你只要給我二馬克，那這事就算過去了。」

我明白他想要什麼。但那二馬克對我來說與十馬克、一百馬克、一千馬克一樣，都是天文數字。我甚至連一芬尼[4]都沒有。我只有一個存錢筒。每次當有親戚來拜訪的時候，他們會往裡面投個五芬尼或十芬尼。除此之外，我沒有任何零用錢。

「我真的沒有錢。」我沮喪道：「我連一芬尼都沒有。但我可以把我所有的東西都給你。我有一個錫做的玩具士兵，還有一個羅盤。

4 德國輔幣單位，一馬克的百分之一。

你等一下，我現在就上樓拿給你。」

克羅默撇撇嘴，露出一抹冷笑，然後朝地上吐了一口口水。他粗暴地吼道：「留著你那些破爛吧，誰要你的臭羅盤？別惹我發火！聽著，我只要錢！」

「但我真的沒有錢呀，你這樣逼我，我也沒有辦法。」

「不管怎樣，明天你必須給我二馬克。放學後我會在市集附近等著。就這麼決定吧，你明天要是拿不出來，就有你好受的！」

「但我上哪裡去弄這二馬克啊？」

「你家裡多的是，至於怎麼弄到手，那是你的事。記得，明天放學來找我。別說我沒警告你，要是弄不來的話……。」他瞪了我一眼，又吐了口口水，然後悄無聲息地離開了，像個幽靈。

在那個瞬間，我連樓梯都爬不上去了。我的生活全毀了。

我甚至想要逃離，再也不回來了，或乾脆跑到河邊跳進去算了，但最後也沒能採取任何行動。天黑了，我無助地坐在臺階上，縮成一團，不禁悲從中來。最後還是女僕莉娜下樓取木柴時，發現我無助地坐在那裡擦眼淚。

我懇求莉娜別告訴我父母，隨後我跟著她上了樓。看著玻璃門後掛著的禮帽和遮陽傘，我又感覺到了家的舒適與溫暖，就像一位浪子回到了熟悉的房間。但現在我有些迷失，**所有這些都屬於父母的光明世界。而我已深陷於另一個陌生的世界，不得不面對外來的威脅並承受隨之而來的危險、恐慌和恥辱。**禮帽、遮陽傘、砂岩地板、櫥櫃上方的巨幅油畫，以及客廳傳來的姊妹的笑聲，都比以往任何時候更令我珍惜，但從今天開始，我卻無法再從中尋求撫慰。父母和姊妹會嚴厲指責我。這些溫馨將不再屬於我，我的心已不再平靜，不再輕快。我的腳上沾了泥巴，無法在地墊上擦乾淨。我為這個家帶來了一些陰影，而他們卻一無所知。我之前也有不少祕密，也曾有過不少擔憂，但與今天這件事相比，所有那些都顯得無足輕重。我變得心神不寧，**不幸就在前方，即使母親也無法保護我，**而我絕對不能讓她知道。是偷竊還是撒謊（我的確以上帝的名義發了偽誓）已經不那麼重要，重要的是我與魔鬼做了交易。我為什麼要跟他們一起玩？為什麼寧可聽克羅默的話，而不聽父親的話？我為什麼要編故事炫耀？這下好了，讓那個混蛋抓住了把柄。

現在這種情況，我沒時間考慮明天會發生什麼。我最擔憂的是，**從今天開始，我將一步步墜入黑暗。我可以預料麻煩將會接踵而至，我需要編織一個又一個的謊言，將實情隱藏在內心深處。**

看到父親的禮帽時，我心裡忽然產生了一絲希望。也許我可以向父親坦白、向他懺悔以尋求救贖，他要怎麼懲罰我都行。類似的懺悔我早已熟門熟路，只要下決心低下頭，便可獲得寬恕。

一想到這裡，我便蠢蠢欲動！但我猜這次懺悔應該起不了作用。我必須守著祕密，獨自承擔一切後果。我似乎站在了一個岔路口上，邁出這一步便意味著**我將轉入邪惡陣營，依賴他們、遵從他們並最終變成他們的一員**。誰教我要瞎吹噓呢？現在必須承擔後果了。

父親一見到我，立刻質問我怎麼把鞋弄髒了。看來鞋子成功轉移了他的注意力，這讓我暗自鬆了一口氣。我甘心接受責備，以免暴露了什麼使情況變得更糟糕。此時，我心裡竟然產生了一種奇妙又新鮮的感覺，令我變得無比興奮：**面對父親，我居然產生了一種優越感！**他的無知讓我心生鄙視，發生了這麼大的事，他竟然只是責備我弄髒了鞋子。

我站在那兒，內心暗忖：「你根本什麼都不知道！」就像一個殺人犯只被指控偷了一片麵包。雖然這個念頭十分無理，卻如此強烈，怎麼也揮之不去。我決定把這個祕密隱藏起來。此時此刻，克羅默或許已經去警局揭發我了，暴風雨正壓頂而來，父親卻還只是把我當成小孩子。

在我的經歷中，這個時刻尤為重要。父親的光輝形象首次出現了瑕疵；我們之間也首度出現了裂痕。**個體要實現自我成長，就必須打破父親的籠罩**。我們的命運深處交織著一系列這種無形的經歷。儘管這些裂痕最終會重新得到彌補，接著通常會被遺忘，卻仍存在於內心最隱密的角落。

這樣的想法讓我感到十分恐慌，我幾乎要跪下尋求寬恕。但即使是我這樣的小孩子也知道，**有些原則性問題難以獲得諒解。**

我覺得我應該先想想明天該怎麼辦，卻始終沒能抽出時間。整個晚上，我腦袋裡一片混亂。**自由的生活正在漸行漸遠，我正被拖入另一個陰暗而又陌生的世界。**那天晚上，我第一次感受到了死亡的味道，有些苦澀，或許是因為死亡意味著新生以及對重新開始的恐懼。

在這之前，我最喜歡的事情之一就是晚禱，但那天晚上，晚禱對我來說卻成了一種折磨。直到躺在床上，我才放鬆了下來。我無法投入其中，讚美詩的每個音符都在折磨著我。**當聽到父親說「上帝與我們同在！」我感覺有某種力量將我與他們隔了開來。上帝將繼續施與他們恩寵，而我卻再也享受不到。**我只覺得渾身發冷，耗盡力氣逃離了他們。

在床上躺了一會兒，我才再次感覺到了溫暖與安全，但擔驚受怕又變成了迷茫，令我十分不安。

母親像往常一樣，進房向我說了聲晚安。我聽見她的腳步聲還在房間裡迴響，燭光仍在門縫邊發亮。我想，她一定察覺到了什麼，她肯定會再折回來親親我，問我到底發生了什麼事，那麼我想我會哭出來，抱住她，這樣一切問題都會解決，我也會得到救贖！直到門縫中的燭光暗了下去，我仍豎起耳朵聽著，並堅信她會再走回來。

不一會兒，我又想起即將面臨的困境。我能清晰地記得克羅默的面目，一隻眼睛眯著，嘴角露出殘酷的微笑。盯著盯著，他變得越來越巨大，面目也越來越醜惡，那隻眼睛中透著殘忍的目光。直到睡著，我也沒能將他的形象從腦海中剔除。但我沒有夢到他，也沒有夢到白天發生的事。相反地，我夢到了父母還有姊妹，我們一家人在船上享受假日的安寧。深夜，我醒來了一次，還能回味夢中的幸福，甚至能看到姊妹的裙子在陽光下閃著光芒。當我意識到那只是個夢時，我又想起了克羅默那兇惡的眼神。

次日清晨，母親匆匆忙忙地打開房門，埋怨我這麼晚了怎麼還不起床。我臉色很差，她問我哪裡不舒服時，我一下子吐了出來。

這讓我有一絲慶幸，慶幸自己生病了。這樣我就可以繼續躺在床上，邊喝著菊花茶，邊聽著母親在另一個房間中忙碌，同時還可以聽到女僕莉娜在門廊處討價還價地買肉。**不用去學校的清晨彷彿童話般**

美妙，我可以享受著難得的陽光，因為在學校裡，我們通常會拉著窗簾。但這仍無法讓我高興起來，就連這樣的樂趣也變得味同嚼蠟。

我還不如死了算了！然而這次和往常一樣，只是稍微不舒服，死是死不了的。這讓我能逃過上學，卻逃不過弗朗茲．克羅默，十一點左右，他會在市集等我。**母親無微不至的關心無法讓我感到安慰，反而令我不耐煩。**我假裝又睡著了，好專心思考接下來該怎麼做，但什麼辦法都沒想到，我必須準時出現在市集。十點到了，我悄悄穿上衣服，告訴母親我好多了。她的回應像往常一樣，要嘛再休息一會兒，要嘛下午乖乖去上學。我說我準備去上學，但心裡另有打算。

一分錢都沒弄到就去見克羅默絕對行不通。我得把存錢筒弄出來。雖然我知道裡面的錢一定不夠，但有總比沒有好，起碼能暫時讓克羅默滿意。我穿好長筒襪，偷偷鑽進母親的房間，將存錢筒從梳妝檯上拿了下來。我內心儘管天人交戰，但和昨天比起來已經好多了。我心跳加速，幾乎讓我窒息。得手後我走下樓，發現情況不妙，存錢筒被鎖住了。打開它其實很簡單，只需用力扯斷那片薄薄的錫網即可。但那斷口卻刺痛著我的心，我這次真的偷東西了。在那之前，我頂多偷吃點糖和水果，這一次嚴重多了，儘管我拿的是自己的錢。**我覺得自己又朝克羅默的世界邁了一步，一點一點走向墮落**。事已至此，我已經沒有回頭路了。我提心吊膽地數了數，雖然晃一晃聽起來很多，實際上卻寥寥無幾，只有六十五芬尼。我藏好存錢筒後，帶著這些錢出了門。走出大門的那一刻，我有一種截然不同的感覺。我似乎聽到樓上有人喊我，但我裝作沒聽到，迅速跑開了。

到十一點還早，我特意繞了路，鑽進一條條小巷，就連頭頂上的積雲，都是我前所未見的。我走過一棟棟房屋，甚至覺得裡頭的主人投來懷疑的目光。我忽然想到，有一位同學曾在牲畜市場撿到一枚泰勒[5]，於是，我祈求上帝給予我奇蹟，讓我也撿到一枚。**但我已經喪失了祈求的資格**，況且存錢筒也修不好了。

弗朗茲．克羅默大老遠就發現了我，不慌不忙地走來，裝作不認識我。走近之後，他示意我跟上，然後徑自往前走，穿過巷子和小橋，最後在郊外的一棟新蓋的房屋前停下了腳步。沒有人在施工，圍

---

5 德國的舊銀幣名，約三百六十芬尼。

牆尚未粉刷，門窗也還沒有裝上。克羅默打量了一下四周，然後走了進去，我默默地跟上他。他站在一道牆後，朝我伸出了一隻手。

「錢帶來了嗎？」他冷冷地道。

我從口袋中伸出那隻緊握的手，將錢幣放入他的手心。

還沒等到最後一芬尼落下，他已經數完了。

「只有六十五芬尼。」他盯著我。

「嗯。」我緊張地說：「我只有這麼多。我知道不夠，但我真的沒有錢了。」

「我還以為你比他們聰明一點呢。」他不疾不徐地說：「你們這些人不都按規矩辦事嗎？我只要二馬克，這麼一點點錢你還是拿回去吧。聽清楚了嗎？快拿走，然後滾蛋。我會去找另一個人，喔對，你知道他是誰，我想我可以從他那裡拿到二馬克。」

「但我真的沒有那麼多。我的存錢筒裡就這些。」

「那是你家的事。我也不想把你逼太緊。你現在還欠我一馬克三十五芬尼，什麼時候補給我？」

「我一定會補齊的，克羅默。雖然不確定什麼時候，但明天或後天，我應該能湊出來。你知道，我絕對不能讓我爸爸知道。」

「這我就不管了。我不想讓你為難。你明白，我很窮，我也不過是希望可以在午飯前拿到那二馬克。你的衣服這麼名貴，食物也豐盛得多。但我不會去告發你，我可以再等一等。後天我會吹口哨提示你，你聽過我吹口哨吧？」

他吹了一聲，我之前曾聽過。

「嗯。」我說：「我可以分辨你的口哨聲。」

他走了，就像沒見到過我。這是我們兩個人之間的交易。

我十分清楚，即使到了現在，如果突然聽到他的口哨，我仍然會嚇一大跳。從那一天起，我的耳邊便一直迴響著他的口哨聲。那聲音簡直無孔不入，不論我在什麼地方、在做什麼，都揮之不去。口哨使我成了他的奴隸，成了我的宿命。有時我會鑽進小花園裡，享受絢爛的秋日午後時光。我會假裝仍然是那個善良、自由、天真的男孩。而每當克羅默的口哨響起，都會讓我心驚，打破我的幻想。

在這之後，我便不得不走出花園，跟著他，告訴他我又得到了多少錢，然後全數交給他。這種情況持續了數週，對我來說卻像是好幾年，沒完沒了。我幾乎沒有機會弄到錢，頂多也就是在莉娜買菜回來後，從廚房裡餘下的零錢中偷拿五芬尼或十芬尼。克羅默每次都責罵我，且越罵越難聽。**例如，他說我一直在騙他，侵犯了他的利益，欠他的錢，讓他苦不堪言！**我長這麼大都沒受過這種委屈，也從來沒像這樣感到無助。

我在存錢筒裡裝入玩具錢幣，並將它放回原處。沒人發現有什麼不對，我卻日夜擔心不已。**每當母親朝我走來，我都會想她是不是來問存錢筒的事，這甚至比克羅默的口哨聲更令我恐懼。**

有幾次我兩手空空地去見克羅默，他便換著法子折磨我、利用我，而我不得不按照他說的去做。他父親會安排他各式各樣的差事，而他又會交待我去做。有時他會命令我單腿跳十分鐘，或者在路人身上貼紙屑。後來有好幾個晚上，我都會夢到這些折磨，並在出了一身冷汗後驚醒。

後來我真的病了好一陣子，嘔吐不止且全身寒顫，晚上又會發燒出汗。母親十分細心地照顧我，但這更讓我不安，因為我欺騙了她。

有一天晚上，我躺下後，她拿了一塊巧克力給我吃。

這讓我想起了從前的時光，那時我還很乖巧，每晚臨睡前都能吃一塊巧克力。而這次，我心痛到只能直搖頭。母親邊問我怎麼了，邊順了順我的頭髮。我只是不斷地說：「不！不要！我不吃！」於是她放下巧克力便離開了。隔日清晨，她問我昨晚怎麼了，我假裝什麼都想不起來。她請了一位醫生替我診治，醫生幫我做了檢查，建議我每天早上洗冷水澡。

那些日子幾乎讓我抓狂。在有序、祥和的家中，我痛苦掙扎著，彷彿一個幽靈。我表現得與其他人格格不入，動不動就陷入發呆狀態。父親經常埋怨我，問我到底怎麼了，我卻只能沉默不語。

第2章 該隱

我對他的印象說不上好，反而有些抗拒，因為他太過高傲冷淡且過於自信，眼神也比較複雜，透著一股憂傷以及絲絲嘲諷。我卻情不自禁地注意他，與喜歡或討厭無關。即使他盡量保持低調，仍是那麼引人注意。就像一位王子喬裝成鄉巴佬並努力與他們打成一片，但王子始終是王子。

我從沒想過自己會以什麼樣的方式獲得救贖。我的救星替我的生活帶來了光明，這樣的影響一直持續至今日。那段日子裡，學校新來了一個轉學生。他和母親剛搬到鎮上，袖口上別著黑紗，顯然他的父親剛剛去世。他的年齡比我大幾歲，被分到了高一年級。但每個人都不由自主地注意到他。**他看起來比實際年齡還成熟，不像一個孩子，而更像一個成年人，或者說更像一名紳士。**

他在學校中並不受歡迎，他從不與我們一同玩耍，也不參與任何打架鬥毆。在面對老師時，他往往能保持堅定和自信，這讓我們十分崇拜他。他的名字叫做馬克斯．德米安。

有一天，不知是出於什麼原因，德米安所在的班上被安排到我們的教室上課。就這樣，我們在學習《聖經》，而他們班在寫作文。那天，我們學的是該隱和亞伯的故事[6]。我時不時朝德米安瞥上一眼，他正在專心致志地寫作，臉龐顯得睿智且果敢，似乎有一種獨特的魅力。**他一點都不像學生在寫作業，反而像一名科學家在攻克難題。**我對他的印象說不上好，反而有些抗拒，因為他太過高傲冷淡且過於自

6 出自《聖經》裡的故事。該隱拿土地裡出產的蔬菜獻給耶和華；亞伯將羊群中的羊和羊脂獻上，耶和華看中了亞伯的供品，該隱因此心生嫉恨，而把亞伯殺了。

信，眼神也比較複雜，透著一股憂傷以及絲絲嘲諷。我卻情不自禁地注意他，與喜歡或討厭無關。但每當他轉頭看向我，我都會慌忙移開目光。時至今日，仔細想想他當時的所有作風，確實與其他學生不一樣，有著自己的特質，即使盡量保持低調，仍是那麼引人注意。**就像一位王子喬裝成鄉巴佬並努力與他們打成一片，但王子始終是王子。**

那天放學後，德米安跟在我身後，並在其他學生散開後，加快腳步走上前，向我打了聲招呼。儘管他努力模仿我們這些孩子的語氣，但仍太過彬彬有禮。

「我們一起走一會兒，你說怎麼樣？」他有些生硬地問道。我點點頭，感到有些榮幸。然後我告訴他我家在哪。

「喔，你家在那裡呀。」他微微一笑：「我知道那棟屋子。你家大門上有個東西很特別，我一來就注意到了。」

我一時之間不太明白他說的是什麼，且我更驚訝他居然比我還了解我家。原來他說的是大門拱頂石上的一枚徽章，但這麼多年下來，徽章已被磨平，且每次粉刷時都會蓋住一些。就我所知，那枚徽章與我家並沒有什麼淵源。

「我完全不知道。」我羞怯且謹慎地說：「那個徽章應該有點像鳥或其他什麼東西，而且很古老。我想我家這棟房子之前可能是一間修道院。」

「很有可能。」他點點頭：「你有時間的話應該仔細觀察一下！很有趣的，我猜那是一隻鷂[7]。」

我們繼續往前走，我感覺有些拘束。德米安突然笑出聲來，似乎想起了什麼有趣的事。

「對了，我剛剛偷聽了一下你們的課。」他突然說道：「那個該隱的故事，據說他的額頭上有個印記。你喜歡聽嗎？」

不喜歡，實際上，任何課堂上講述的東西我都不喜歡。但我不敢承認，因為**我覺得現在的情況就像是父親在問我話**。因此，我告訴德米安，自己大致上還算喜歡。

德米安伸手拍了一下我的肩膀。

「**在我面前，你不用假裝喜歡**。事實上，這個故事很奇怪，比我

7動物名，讀音同要。鳥綱鷲鷹目。似鷹而小，背部青灰色，腹部白色帶赤，捕食小魚。也稱雀鷹、鷂鷹。

們以往聽到的故事都奇怪得多。你們的老師並沒有講解得太深入，他只是提了一下上帝、原罪等。但我認為……。」他突然停住了，笑著問我：「你還想繼續聽嗎？」

「嗯，我的看法是。」他繼續說道：「我們可以從另一個角度解讀該隱。老師講的東西大部分都正確，但可以換個角度考慮，這樣我們就能更充分地理解這個故事，並找到更好的意涵。就拿該隱和他額頭上的印記來說，老師的解釋就不甚令人滿意。你認為呢？該隱殺了他的弟弟亞伯後，最有可能是變得恐慌並懺悔。但上帝卻給他打上了一個印記，以保護他不被他人殺死，結果他就到處傳播上帝的恐怖，這就太古怪了，對不對？」

「當然。」他的想法還真有趣。我問：「你有其他的解讀嗎？」

他又拍了一下我的肩膀。

「很簡單！就拿故事的開端來說，就是那個印記。因為額頭上有印記，別人就都害怕該隱，不敢與他接觸，然後連他的孩子也一起畏懼。那麼我們可以猜測，不，甚至可以確定，**並不存在什麼實質的**

印記，否則的話，這個故事就太拙劣了。事實很可能是**該隱比較難以捉摸，同時又比他人有膽量和魄力**；他可能比較有權勢，讓人敬畏。擁有這樣的特質，才是他的『印記』，可以這樣解釋。人們通常只接受他們樂於接受的事物，並將之歸為正確的一面。他們害怕該隱的孩子，說他們也有某種『印記』。因此他們沒有如實對待這個印記，反倒是詆毀他們。他們會說『他們一家帶有上帝的印記，他們很古怪』。事實上，他們確實與眾不同，對於普通人來說，有勇氣、有個性的人確實令人敬畏。**身邊存在一個無畏的人會讓人不舒服，因此人們便給這樣的人取一個綽號，並虛構他的行為，很多時候是為了掩蓋自己的畏懼**。這樣說你明白嗎？」

「嗯，你是說或許該隱根本一點都不壞？整個故事都是假的？」

「可以這樣說，但又不太準確。**這些古老的故事一般都是真的，但後人的紀錄或解讀可能有所偏差**。總之，我認為該隱是好人，**而人們因為害怕而將他醜化**。這個故事就是以訛傳訛，只是人們的談資。事實可能只是該隱和他的孩子有著某種印記，而使他們與眾不同。」

這樣的解讀讓我十分錯愕。

「那會不會，該隱殺了他弟弟這件事，也是假的？」我很想聽聽他怎麼說。

「喔，那一定是真的。強者殺死弱者是常有的事，唯一值得懷疑的是**那個人到底是不是他的弟弟**。但這不重要，因為從根本上來說，人皆兄弟。殺人這件事可能是英勇的行為，也可能不是。不管怎樣，其他弱者在這之後都會怕他，但他們只會在背後抱怨。如果你問他們為什麼不把該隱殺死，他們不會說『因為我們是懦夫』，而會說『我們不能，因為他有上帝的印記』，謊言可能就是這樣產生的。喔，時間不早了，你該回家了。」

他轉身走入一條小巷子，留下我獨自站在那兒，比以往任何時候都還要迷茫。**看著他的背影，我覺得一切都那麼荒誕不經**。在他口中，該隱是個紳士，而亞伯反而是個懦夫！**該隱的印記只是將他與普通人區分開來、並非雙眼可見的特質？**這太不可思議了，這是對上帝的褻瀆！這樣的話，上帝是什麼角色？難道祂沒有接受亞伯的供品？

難道並不青睞亞伯？不是的，德米安說的一定都是瘋話。他一定是想捉弄我，想讓我放棄信仰。他確實很聰明，也很能言善道，但他不會得逞，我才不相信他！

我從未如此認真思考《聖經》中的任何一個故事。更何況長期以來，我一直無法真正將弗朗茲．克羅默拋諸腦後，那怕只是一小時、一個傍晚。回到家，我又讀了一遍該隱的故事。**故事簡潔明瞭，不正常的人才會去挖掘什麼深層的含義**。那樣的話，每個殺人犯都可以宣稱自己是上帝的寵兒！大錯特錯，德米安簡直是在胡說八道！**我唯一欣賞他的，只有他說這些時的語氣，輕率且圓滑，彷彿這就是事實**。當然，他的雙眼也很吸引人。

我的情況並不太妙，周圍情況變得非常混亂。我曾生活在整潔而光明的世界，就像亞伯那樣。但現在，我深陷於「另一個世界」，我已經墮落了，但一切都不是我的錯！我該怎麼辦？我突然想起了一件事，讓我幾乎無法呼吸。我所有的不幸都始於那天傍晚，面對父親，我居然看穿了他的想法和他的睿智，而一時產生了一絲鄙夷。是的，

在那一刻，我變成了該隱，額頭上也被打上了印記。我甚至並不引以為恥，反而沾沾自喜自己看得比父親透澈。

我之前並沒有清晰地意識到那一刻代表了什麼，但內心深處其實早已有了這種念頭。**那是情緒和奇特想法的爆發，在傷害我的同時，也讓我感到一絲絲的驕傲。**

我時不時便會想起德米安那番關於勇敢和懦弱的奇特言論，他對該隱印記的解釋太過匪夷所思。他的眼睛散發著成熟、智慧的光芒。我想知道德米安和該隱是不是同類人。一定就是這樣，不然他不會如此為該隱辯護。為什麼他的眼神能那麼有說服力？為什麼他對故事中的「其他人」表現得如此輕蔑？在我看來，這些人才是上帝的選民。

我拋不開這些念頭，令我百思不得其解。**他的話就像一塊石頭砸進了我的心靈之井。**之後有很長一段時間，弒兄者該隱及其印記成了我理解世界、疑惑事物的關鍵，並促使我不斷探尋答案。

我注意到其他學生也對德米安十分好奇。我沒有將他眼中的那個該隱告訴任何人，但其他人仍對他頗有興趣。關於他這名轉學生，開始有流言在學生之間流傳。

我希望能記住這些所有流言，因為每個流言都讓他顯得更神祕。其中最早的流言是，他的母親非常富有，而他們母子倆可能從未去過教堂。還有流言說他們是猶太人，也可能是穆斯林。此外，大家還說德米安很會打架，這一點可以得到證實。聽說他們班最壯的學生約他打架，而在被拒絕後，罵德米安是懦夫。最後，德米安狠狠教訓了他一頓。旁觀的學生說，德米安當時一隻手便掐住了那個男孩的脖子，男孩很快就憋得臉色發白；再後來，那個男孩夾著尾巴逃走了，之後也沒再到處惹事。有一天下午，甚至有人謠傳那個男孩已經死了。而當時，即使最不可思議的謠言也有人信。接下來，人人都對德米安津津樂道。沒過多久，學生之間又傳開了新的流言：德米安與女孩關係親密，而且他「精通此道」。

那段日子裡，我仍受克羅默的脅迫。我無法擺脫他的掌控，即使在他不找我麻煩的日子裡，我也依然活在他的陰影底下。**他會闖入我的夢境，做一些比現實中更惡劣的事情，我完全淪為了他的奴隸。**我經常做夢，在之前的夢境中，我往往比在現實裡更活潑，但由於他的闖入，我的夢已不再那麼燦爛。我幾乎每天都會做惡夢，夢見克羅默虐待我、朝我吐口水、把我按倒在地上；更糟糕的是，他還唆使我，更準確的說法是，強迫我做壞事。其中最令我發瘋的，是我居然夢見我被迫去謀殺我的父親。克羅默磨好刀，放到我手裡。然後，我們隱藏在道路旁的樹林中，等待有人經過，我事先並不知道要刺殺誰。當這個人接近時，我才發現居然是我的父親。然後我就醒了。

夢醒之後，我偶爾會想起該隱和亞伯的故事，卻幾乎沒再關注馬克斯．德米安。說來也奇怪，我們再次接觸也是在夢中：克羅默一如既往地虐待我，但這次把我按倒在地上的人變成了德米安。然而，**克羅默的虐待令我崩潰，但換成德米安後，我居然很樂於接受，恐懼之餘竟然產生了一絲狂喜。**這樣的夢我做了兩次，再然後，折磨我的人又換回了克羅默。

到了最後，我甚至已無法區分現實與夢境。克羅默始終折磨著我，似乎永遠沒有盡頭，即使我偷了幾次錢，還清了那二馬克後，他也還不放過我。**這是一個無法終結的惡性循環，他知道我還他的錢是偷的，因為每次他都會問錢哪來的，這樣他就抓住了新的把柄。**他不斷威脅要將一切告訴我父親，而我便極度後悔沒在一開始就坦白。即使這讓我一直活在痛苦中，我卻並不每件事都後悔，至少並不時時刻刻在後悔。**偶爾，我甚至會覺得事情註定會那樣。這就是命運，而任何逃脫的行為都是徒勞。**

想必父母對我的狀態也十分苦惱。我忽然間彷彿變了一個人，變得與他們格格不入。我渴望能夠重新回到他們的懷抱。母親寧可相信我病了，也不願承認我變了。我能夠從姊妹的態度推斷出他們的真實看法。她們什麼都順著我，很顯然將我當成了瘋子，比起厲聲苛責，她們更傾向於憐憫。她們更真誠地為我祈禱，但我知道那都是徒勞無功，只會讓我更加痛苦。有時，我迫切想要解脫，想真心懺悔，但我知道我無法向父母坦白一切，有些事也解釋不清。**我知道他們會憐憫我、會覺得抱歉，卻不會真正理解我。**他們會認為我一時失足，但實際上，那卻是擺脫不掉的宿命。

有些人可能不相信，一個十歲的小孩子怎麼會有這麼複雜的想法。因此，我的故事只講給那些懂我的人聽。**那些直到成年才學會將感情轉化成思想的人，認為孩子不會想這麼多，因此也就認為孩子缺少這些經歷**。在我的一生中，這段時日最令我痛苦不堪。

有一天下著雨，克羅默要我到布爾格廣場見他。我提前到了，在潮濕的栗子樹落葉上來回踱步，不時有新的樹葉從樹上落下。那天我沒弄到錢，但我盡量省出了兩塊蛋糕，至少能有點什麼東西獻給克羅默。我早已習慣站在某個角落等他到來，很多時候都會等上很久，我卻不得不忍受。

終於，克羅默來了。這次，他只待了一下下。他先是戳了戳我的前胸，然後笑著拿走了蛋糕。他的態度友善了許多，甚至還遞給了我一根有些受潮的香菸（但我沒收下）。

「對了。」轉身離開前，他冷漠地說：「記得下次把你姊姊一起帶來，你的大姊，她叫什麼來著？」

我沒聽懂，愣在那沒說話，只是看著他，感到有些意外。

「聽懂沒有？下次把你大姊一起帶來。」

「不行，克羅默，絕對不可能。我不能這樣做，而且她也絕對不會來。」

他又想故技重施，從以前就經常這樣。**先提出一個不可能的要求，恐嚇我、羞辱我，然後再討價還價**，最終他想要的大多是更多的錢或禮物。

然而，這次卻完全不一樣。聽到我拒絕，他竟然沒有發火。

「喔？」他平靜地說：「你先好好想想吧。我是真心想認識你的姊姊。你這兩天想辦法把她約出來。你可以簡單邀請她出來散個步，然後我們就來個偶遇。明天聽到我的口哨你再出來，我們再詳談。」

直到他離開，我才突然想通他到底想要幹什麼。我雖然不懂，但聽過年長的孩子談論，男孩和女孩會偷偷摸摸地嘗試一些出格的事。我這下總算聽明白了，他的動機不單純！我絕不能聽他的。但不聽的話後果會怎麼樣？克羅默會怎樣報復我？我連想都不敢想，一定又是新的折磨。

我穿過荒涼的廣場，兩手插在口袋裡，內心既無助又傷心。沒想到未來竟有這麼大的悲慘在等著我！

突然，我聽到一個洪亮的聲音喊我，嚇了我一跳，下意識地拔腿就跑。那個人跟上來，一隻手輕輕地抓住了我。是馬克斯．德米安。

「喔，是你啊。」我疑惑他喊我做什麼：「嚇我一跳。」

德米安盯著我，目光比以往更加成熟、睿智，似乎能夠看穿我。我們有好一段時間沒說話了。

他禮貌地說：「抱歉抱歉，但你怎麼會嚇成那樣呢？」

「嗯，我下意識就這樣做了。」

「可能吧。但別人什麼都還沒做呢，你就嚇成這樣了。對方肯定會驚訝、好奇，然後認為你太容易緊張了，人只有在極度恐慌的情況下才會做出類似的反應。懦夫才這樣，但你不是懦夫呀，對不對？當然，你也不怎麼勇敢。你一定在害怕什麼事或什麼人。**有些人你不必害怕**。你不會是在害怕我吧？」

「不，不是你。」

「這就對了，那你害怕的是誰？」

「沒有誰……這不關你的事。」

他繼續跟在我身後，我加快腳步，只想趕快逃離。我感覺他在旁邊一直盯著我。

「我們可以假設。」他繼續說道：「我不會傷害你，因此你也不用害怕我。現在我們來做個實驗，很有趣，你甚至可以從中學到些東西。那麼，注意聽，我有時會玩一玩**讀心術**。這絕不是黑巫術，但如果你不深入了解，就會覺得非常不可思議。有時確實很令人震驚。現在，讓我來試一試。**嗯，我喜歡你，也對你比較感興趣，讓我來看看你心裡在想什麼。**我其實已經開始了，剛才嚇到你了，那麼現在你一定很緊張。你肯定在害怕什麼事或什麼人。如果你害怕某個人，那麼最有可能是因為他對你做了什麼。例如，你做了錯事，而正好被他發現了，然後一直以此來要脅你。條理很清晰，是不是這樣？」

我無助地看著他，他的臉龐像往常一樣認真、睿智而又比較友善，卻不柔和，我可以看到公正的神情。我不明白他怎麼做到的，簡直太神奇了。

「聽清楚了嗎？」他再次問道。

我點點頭，什麼也沒說。

「聽著，**讀心術看起來似乎十分神祕，卻完全以事實為依據**。就例如，我先前講該隱和亞伯的故事給你聽的時候，我可以準確地知道你在想什麼。先不說那個，我想，你很可能夢到過我，這點也先放在一邊。你很聰明，而其他人都很蠢。**我喜歡跟聰明人講話，前提是我可以信任他**。這樣說你不介意吧？」

「不介意，但我不明白……。」

「我們繼續說實驗的事。現在，我們已經發現當事男孩很容易受驚嚇，他在害怕某個人，可能這個人知道什麼祕密，令他極度不安的祕密。這樣是不是已經很接近事實了？」

我幾乎要懷疑自己在做夢了，**他所說的一切都令我驚訝，彷彿是我自己在講述這件事情**。他什麼都知道，甚至比我了解事情的真相。

德米安堅定地拍了拍我的肩膀。

「這件事我想就這樣了。那麼現在還有一個問題，你在廣場約見的那個男孩是誰？你知道他的名字嗎？」

我的臉色一下變得慘白。他碰觸到我的祕密了。

「什麼男孩？沒有這種事，就我自己而已。」

「你別想瞞我了。」他笑道：「他叫什麼名字？」

我低聲說：「你是指弗朗茲．克羅默？」

他點點頭，對我的回答感到滿意。

「嗯，很好，我覺得我們會成為很好的朋友。我首先要囑咐你的是，這個克羅默，不管他叫什麼，**從面相看就是一個徹頭徹尾的混蛋**。你認為呢？」

「是的。」我嘆了口氣：「他非常壞。我絕對不能讓他知道我說他壞話。天哪！千萬不能讓他知道。你認識他嗎？他認識你嗎？」

「放輕鬆。他早就走掉了，也不認識我，至少目前是這樣。但我想會會他。他在公立學校上學，對不對？」

「是的。」

「他讀幾年級？」

「五年級。但請你保證不跟他說，求求你！」

「別擔心，我保證不牽連到你。那麼看來你不會跟我講克羅默的事了，對不對？」

「嗯，我真的不能說。」

德米安沉默了一會兒。

「那算了。」他說道：「我們本來可以繼續這個實驗的。但我也不強迫你。**不知你是否意識到，你對他的恐懼太過頭了，他可能會完全壓垮你**。你必須想辦法擺脫，如果你想獲得安心，就必須擺脫他。你明白嗎？」

「當然，我明白……但是，這很複雜……你不了解……。」

「你知道，我的讀心術遠比你想的更神奇。你是不是欠他錢？」

「嗯，但這不是重點，我不能告訴你，反正就是不能說！」

「我替你把錢還了，怎麼樣？」

「不是錢的問題。你保證這件事誰也不透露，一個字也不說！」

「我保證，辛克萊。你可以改天再告訴我你們的祕密。」

「想都別想！」我大喊道。

「隨便你吧。我是說，或許改天你會主動找我說。你該不會以為我會像克羅默那樣要脅你吧？」

「喔，不。但你到底知道些什麼？」

「我什麼都不知道。我只是在思考這件事。放心，我才不會像克羅默那樣，你要相信我。況且，你也不欠我什麼。」

接下來，我們誰也沒說話，我漸漸冷靜下來了。我覺得德米安越來越神祕了。

「我先回家了。」在雨中，他把外套穿得更緊了些。「喔，對了，我還得囑咐你一下，你必須擺脫那個混蛋。**如果真的想不出其他好辦法，那麼就殺了他。**這樣我會對你刮目相看的！需要的話，我甚至可以幫忙。」

我突然又想起了該隱的故事，再次心生恐懼。所有的一切都預示著不幸，我不由得抽抽搭搭地哭了起來。周圍的世界太可怕了。

「別哭。」馬克斯．德米安笑道：「該回家了。最簡單的方法是殺了他，當然也還有其他方法。**但最簡單的方法往往是最好的**。你該少跟克羅默打交道。」

我不知道自己怎麼回到家的，彷彿已經離家超過一年。在我眼中，一切都變了。**我似乎又有了未來和希望，同時也不再孤單**。我至此才意識到，這幾個星期，我守著這個祕密過得多麼孤獨無助。一瞬間，我又冒出了曾多次出現的念頭，向父母坦白一切，雖然會讓我放鬆一些，卻並不能完全解救我。而現在我幾乎向一個陌生人坦白了一切，心中的那塊石頭放下了，就像清風撫慰，令我身心舒暢。

然而，我仍然擔憂著，再次與克羅默見面會遭受什麼樣的折磨。奇怪的是，生活似乎平靜了下來，他沒再來找我。一天、兩天、一整個星期過去了，克羅默再也沒來我家附近吹口哨。這令我難以置信，一直提心吊膽，擔心他突然再次出現。他似乎銷聲匿跡了，而我又重獲自由，我簡直不敢相信。直到有一天我又碰到了克羅默，他看到我後居然退縮了，表情變得十分不自然，然後轉頭走開了。

這太出乎我意料了！他居然逃了，他在害怕我！在那一瞬間，我驚喜地簡直快瘋了。

有一天，我又碰到了德米安。其實他專程在學校門口等我。

「你好。」我向他打招呼。

「早安，辛克萊。我跟你確認一下，你的事情解決得怎麼樣了？克羅默不再糾纏你了吧？」

「是你做的嗎？你是怎麼做到的？我不懂。他沒再來找我了。」

「那就好，想必他再也不會了，但也說不定，畢竟他是個混球。如果他再找你麻煩，你就問他『還記得馬克斯・德米安嗎？』。」

「你做了什麼？你揍了他一頓嗎？」

「我才沒那麼粗暴。我只是跟他談談，勸他最好別再招惹你。」

「我希望你沒給他錢。」

「沒有，**只有你才會那樣做。**」

他回避我提出的問題，我心中又升起了說不清道不明的感覺，**既感激又畏懼、既欽佩又害怕、既欣慰又抗拒。**

我決定找他問明白這一切，還有該隱的故事。

但我一直沒找到機會。

感激並非我認為的美德，在我看來，人們不該要求一個孩子感恩。也因此，我對於馬克斯．德米安的所做所為完全不覺感激，其實也沒什麼大不了。然而，現在的我回想這段往事，如果他沒有將我從克羅默的魔爪中解救出來，我後半生可能就毀了。當時的我已經知道，重獲自由是我少年時代最重要的經歷。我卻沒有感謝德米安，反而將他拋諸腦後。

就像前面提到的那樣，我並不認為不知感恩有什麼不對。回想起來，唯一令我驚訝的是，我居然沒有半點好奇心。

那天我怎麼就沒有嘗試了解德米安的祕密呢？我居然沒想弄明白該隱的故事、如何解決克羅默的問題以及德米安的讀心術。

這一切的確難以置信，但我也真的沒去深究。當時，我突然發現擺脫了惡魔的糾纏，再也不必擔驚受怕了，簡直就是重見天日。詛咒已經解除了，我不用再受折磨。我又變回了那個自由的小男孩，急切地想回歸平靜的生活，想盡力抹除那些醜惡的威脅。那段驚恐的經歷很快便從我的記憶中消失，似乎並沒有留下任何陰影或痕跡。

然而，現在我依然明白，自己為什麼會那麼快就把德米安給忘記。我迫切想擺脫那段悲傷的經歷，忘卻克羅默對我的奴役，並竭盡全力想要撫慰受傷的心靈，回到那個失樂園，回到父母和姊妹身邊，**擁抱整潔的世界，並重拾亞伯般的虔誠。**

在見到德米安後的第二天，我終於確信我又重獲自由，而不必擔驚受怕。我決定做一件之前想過無數次但沒有做的事——坦白一切。我走到母親身前，給她看存錢筒上撬開的鎖，並拿出裡面的玩具錢幣，跟她說這段期間我一直遭受克羅默的折磨。她雖然不了解一切，但察覺到我的表現和語氣都不像往常那樣，感覺我的狀態變好了，又重新回到了她的懷抱。

我這個浪子終於回頭。我跟著母親到父親面前，再次把事情訴說了一遍。他們問了我一些問題。最後，父母摸著我的頭，如釋重負地鬆了口氣。這一切都那麼不可思議，像是小說情節一般，最後所有的問題都圓滿解決。

我十分慶幸又重歸平靜，重新獲得了父母的信任。

我又變回了家中那個最乖的孩子，又開始喜歡與姊妹玩耍。祈禱時，身為回歸的孩子，我滿懷熱情地高唱熟悉的讚美詩，極致真誠，不摻雜一絲虛假。

然而，**並不是所有事情都完美，我唯獨忽略了德米安**。其實，我應該向他坦白的，不必摻雜多少情緒，便可讓事情妥善解決。我又回到了那個伊甸園般的世界。這裡沒有德米安，而他也從未踏足這裡。**儘管與克羅默不同，但他也在誘惑我，誘惑我步入第二個世界**。我下定決心與那個世界劃清界線。我再次成了和亞伯一樣的人，因此我不願讚美該隱而貶低亞伯。

這些都是表面的原因，而**內在的原因是，我並不是透過自己的努力才擺脫克羅默的掌控**。我嘗試自己解決問題，但事實證明那行不通。在德米安的幫助下，我得到了解脫，但我卻直接投向母親的懷抱、尋求庇護。我變得更幼稚、更依賴、更孩子氣。**我必須重新找到**

一個依靠，因為我不敢獨行。因此，迷茫中我選擇依賴父母，回歸光明的世界，但現在我才明白，其實還有其他的路。若非如此，我將會投靠德米安，並依賴他。並沒有那樣做的原因是，我覺得他的想法十分奇特，其實那只是因為畏懼。**德米安比我的父母更嚴厲，他極有可能會透過勸導、訓誡、挖苦或諷刺來讓我獨立起來。**

現在我才明白，**在世上，最讓人畏懼的正是通向自己的道路。**

半年後，在與父親散步時，我終於忍不住問他，有人認為該隱比亞伯更高尚，到底對不對。他非常詫異，但仍然向我解釋，那種說法早就存在，在《舊約》時代[8]就已形成，並為一些教派所奉行，其中一個教派甚至直接命名為「該隱派」[9]。當然，這個教義只是異端想要破壞我們的信仰。如果有人認為該隱是正義的一方，那麼意思不就是上帝犯錯了嗎？換句話說，**《聖經》中的上帝並非全知全能，而是值得人們懷疑的對象。**確實，該隱派曾宣揚過這個教義。但這樣的異端邪說早已銷聲匿跡。父親只是驚訝我的同學怎麼會知道這些。他嚴厲警告我不要理會這些想法。

---

8 耶穌尚未將生的時代。
9 諾斯底主義的一個分支，也是基督教異端中頗為極端的教派，崇拜《舊約》中所有反派人物。

第3章
強盜

我的問題是所有人都會遇到的問題，這是關於生存和思考的問題。意識到我的生活和觀點在芸芸眾生中不值一提後，我突然產生了一絲恐懼與敬畏。這樣的意識讓我感到安心、滿足，卻並不令我多麼高興，反而有些苦澀，因為那意味著責任，意味著我不能再幼稚下去，而應該獨立起來。

我至今仍能輕易回想起童年時期的種種溫馨。在父母的保護下，我可以保持對生活的熱愛，並每日過得開心、滿足。但我所關心的是如何實現自我。所有寧靜、祥和的時光，都已深藏於記憶之中，而我將不再回歸其中。

每每回首少年時光，我都著重於外部世界，談論那些新奇、推動我前行、或誘惑我打破平靜的事情。

這些衝動源自於另一個世界，時常伴隨著恐懼、約束和愧疚。這些衝動具有變革性的力量，嚴重威脅著我所眷戀的平靜生活。

接下來的幾年間，**我意識到自己內心深處存在著某種衝動，只是在光明的世界中隱藏了身形。漸漸地，性衝動開始覺醒**，但一開始，我和其他人一樣，將性視為洪水猛獸，視為一種禁忌、魔鬼的誘惑和罪孽。我認為在溫馨、祥和的童年，我不該產生這樣的好奇心，不該產生任何幻想或恐慌，不該擁有青春期的祕密。我和其他人一樣，過起了雙重生活。意識層面的自我，生活在那個熟悉而規規矩矩的世界，它拒絕接受內心深處產生的那個新世界。同時，我又深陷於幻想、衝動和欲望之中。**意識層面的自我竭盡全力搭建一座橋梁，來連結那已經分裂的童年世界。**

與其他大多數父母一樣，我的父母對於這類青春期問題也束手無策，因為從來就沒有一個參照。他們只能徒勞無功地要我否認這些衝動，繼續把我當小孩子一樣對待，但實際上我早已不是小孩子了。我不知道父母在這方面能發揮什麼作用，因此我並不埋怨他們。**面對自我、找到解決辦法是我自己的事**，但就和大多數青春期的孩子一樣，我處理得一塌糊塗。

每個男孩都會經歷這個時期，此時，自身的需求與所處環境之間的衝突會達到極致，而只能苦苦探尋出路，往往像是經歷了一遍死亡與重生，而這就是命運，一生中必然經歷這麼一段時期。**童年逐漸成為過去，所愛之人之物漸行漸遠，而自己會突然陷入孤獨**。許多人無法打破這樣的僵局，於是後半生始終在痛苦中緬懷過去，做著最殘酷的美夢。

現在回到我的故事。有太多太多感受和意象，標誌著我的童年已經結束。其中最重要的標誌是，那個陰暗的世界，或稱為另一個世界又回來了。弗朗茲·克羅默曾經帶給我的折磨再次糾纏著我。

那件事已經過去了好幾年。那段不堪回首的時光早已消逝，就像是一場短暫的惡夢，已遺忘於時間的長河。弗朗茲·克羅默自那次之後便從我的生活中消失了，以至於我再次在路上碰到他，居然一時沒認出來。但我童年時期，另一個對我影響重大的人，馬克斯·德米安，卻始終與我若即若離。有很長一段時間，我們僅僅擦肩而過，沒有過多的交流。之後，他又漸漸走近，再次對我產生了一些影響。

我試著回憶有關德米安的事情。我很可能一年多沒和他說過一句話。**我當時一直躲著他，而他也不強行闖入我的生活**。即使我們在路上遇到，他也只是對著我點點頭。有時候，他友善的面孔會透著一絲嘲笑或諷刺，但這也許只是我的想像。我們兩個人似乎都已忘卻彼此之間的交情，以及他對我產生的影響。

我可以想起他的樣子。**現在回想起來，他一直都不曾遠去**，而我卻未注意到他。我時常遠遠看著他去學校，有時獨自一人，有時與其他同學一起。我能感覺到他的孤獨與沉默，游離在圈子之外，而只沉浸在自己的世界中。

沒有人喜歡他，沒有人願意與他深交，也許他能夠交流的只有他的母親，但我猜，他在母親面前應該也沒有孩子氣的一面。老師也不大關注他。**他儘管屬於好學生，卻不願討好任何人。**我們時不時會聽到關於他的一些流言，說他曾以尖銳的謬論反駁老師，而讓老師下不了臺，這使得他更加不受待見。

現在每當我閉上雙眼，都能回想起一些關於他的畫面。那是在我家門前的小巷子中。有一天，我看見他站在那條巷子裡，手裡拿著一個筆記本，正在畫著什麼。他在畫我家大門上方的那個徽章。我站在窗戶後面，隔著窗簾盯著他，打量著他那專注、冷酷的臉，很男人，就像是科學家或藝術家，眼神中透著剛強、冷靜和睿智。

還有一次也令我印象深刻。數週後，我們在放學回家的路上圍觀一匹倒地不起的馬。馬脖子上仍套著車軛，牠的鼻孔大張，痛苦地呼吸著，傷口流著血，染紅了身下的路面。我有些噁心，轉過頭不去看，卻看到德米安沒有擠進圍觀的人群，而是遠遠站在後頭，那天他像往常一樣高深莫測。

他似乎在盯著馬頭看，眼神中透著深沉、平靜，狂熱而冷靜。我一時間呆住了，隨後又覺得我們越來越疏遠。

盯著德米安看，我感覺那是一張男人的臉孔，且絲毫沒有稚氣。我還感覺，那也不全是男人的臉孔，同時具有一些女性的特質。在那一刻，我覺得他的面龐既不陽剛也不軟弱，既不滄桑也不幼稚，彷彿永恆，已歷經千年，承載著久遠時代的印記。像動物、像樹木，甚至像星辰，這些都超出了我的理解。當時，我並不像現在這樣對他有如此清晰的認識，只有似是而非的感覺。**或許他長得很帥氣，或許我喜歡他，而或許是排斥他，我不確定。我只是覺得他與眾不同，像個動物或幽靈，甚至像一幅畫。他與我們都截然不同。**

至於其他的，我大部分都記不起來了。我並不確定這些是否被之後的印象所掩蓋。

直到數年之後，我成長了些，才再次與他有了交集。德米安並未按習俗在教堂施堅信禮[10]，這隨即導致流言四起。周圍的同學再次提起他是猶太人，或更有可能是個異教徒。其他人言之確鑿地說，他和他的母親不信任何宗教，或是某個神祕教派的信徒。同時，我還聽說，他與母親過著情人般的生活。這些流言產生的原因很可能是他沒有信仰，而這似乎對他產生了一些不利的影響。但推遲了兩年後，他的母親最終還是允許他接受堅信禮。於是，之後的幾個月，他便與我參加了同一屆堅信禮班。

在開始的一段時間，我一直躲著他，不想與他有任何牽扯。**因為他有太多的流言和祕密**，但其實最令我苦惱的是，自從克羅默事件後，我一直對他心懷愧疚。我自己的祕密就夠多了，那時正處於性啟蒙時期。儘管我一心向善，但參與宗教活動的興趣為此受到了極大的影響。**神父所講述的一切十分神聖，卻是一個虛幻的世界**。毫無疑問，那個世界異常美好，卻不如我所想像般刺激。

隨著對堅信禮課程越來越漠不關心，我反倒越來越關注馬克斯·德米安。我們之間似乎心有靈犀，容我細細說來。

---

10 堅信禮是基督宗教的傳統禮儀，象徵人透過洗禮與上主建立的關係獲得鞏固。現代僅羅馬天主教會、東正教會、聖公會、循道衛理教會、信義會、長老會等有這樣的安排。有些教會學校會直接幫助學生組織堅信禮。

在一個清晨，天剛濛濛亮，教室中仍點著燈。我們的神父老師開始講該隱和亞伯的故事。我當時昏昏欲睡，也聽得迷迷糊糊。當他講到該隱的印記時，**我心有所感，彷彿接獲了提醒，於是抬起頭，發現馬克斯．德米安坐在前排側著頭在看我，眼神中透著輕蔑與深邃，我不確定哪種多一些**。他只看了我一眼，我便立刻專心聽講，聽神父講該隱和他的印記。我內心升起了一種想法，我們可以從另一個角度解讀該隱的故事，甚至對此進行批判。

就在這一刻，我與德米安之間又重新聯繫在一起。神奇的是，**光是眼神的接觸，竟也能產生某種精神層面的親近感**。我不知道他是故意的還是偶然，當時我堅信那是偶然。但幾天後，德米安突然換了座位，就坐在我前面**（我仍清晰地記得，在擁擠的教室內，各種氣味混雜，而我喜歡聞他身上的香皂味）**。而又過了幾天，他再一次換座位。現在，他坐到了我的身邊，直至冬天過去，春天來臨。

對我來說，早課完全變了個樣。我不再昏昏欲睡，也不再覺得無聊。相反地，我開始期待上早課。有時，我們專心致志地聽講，而他的一個眼神，便會讓我留心某個不同以往的故事或箴言；而再一個眼神，我便會對老師所講的產生批判或質疑。

更多時候，我們都心不在焉。德米安對老師和同學始終彬彬有禮。我從未看過他惡作劇，也從未聽過他大笑或散播流言，他也從未受過老師的訓斥。然而，**他會安靜地給我個手勢或眼神，讓我參與他的行為**，而這有時候很怪異。

例如，他會告訴我哪個同學比較有趣，而他又會怎樣研究對方。對於一些人，他已經十分了解。上課前，他會告訴我，如果他晃動大拇指，某某就會回頭看我們，或搔搔脖子。上課期間，德米安會突然豎起大拇指，做個明顯的姿勢，然後我便會轉頭去看他說的那個同學，而對方竟也真的像提線木偶般做出相應的動作。我要求他也對神父試試，但他拒絕了。又有一天，我沒做功課，於是告訴德米安我希望神父不會提問我。那天，他幫了我個大忙。當神父挑選學生背誦教義時，他環顧四周，發現了我的焦躁不安。於是，神父緩慢走近，伸出手指著我，就在快要喊出我的名字時，他突然有些分心，拉了拉襯衫的領子，走到德米安身邊，而德米安直直地盯著他的雙眼，似乎想要問些什麼。接著，神父忽然轉過頭去，清了清嗓子，然後喊了另一個人背誦。

儘管這些小把戲總能讓我樂開懷，但我漸漸意識到，他也時常用在我身上。有時在上學的路上，我會忽然覺得德米安就在我身後不遠處，而當我回頭時，他還真的在那兒。我曾問過他：**「是不是你想要別人想什麼，他就會真的想什麼？」**

他以極冷靜、客觀、成熟的語氣，爽快地回答：「當然不是，我怎麼可能做到？你想想，**神父認為我們擁有自由意志，但實際上卻通常沒有。**他都做不到要人想些什麼，我自然也做不到。但我們可以仔細觀察他人，然後幾近準確地推斷出他們的想法或感覺，也可以預測對方接下來的動作。這其實很簡單，只是大家不知道罷了。當然，這需要練習。例如，世界上有一種蛾類，叫夜蛾，雌蛾的數量遠低於雄蛾。其繁殖方式與其他動物的繁殖方式類似，即雌蛾受孕後產卵繁殖。舉例來說，博物學家做過一種實驗，他們會抓住一隻雌蛾，晚上會吸引來許多雄蛾，即使那需要飛行數個小時！好幾個小時呀！你想想，在數公里外，這些雄蛾都能察覺到這隻雌蛾的存在。至今，博物學家仍難以解釋這個現象。一般的假設是，牠們具有敏銳的嗅覺，就像獵犬一樣，能追蹤極細微的氣味。明白了嗎？我們周圍充斥著此類難以言表的事情。但我認為，如果雌蛾和雄蛾一樣多，那麼雄蛾很可能不會進化出這麼敏銳的嗅覺器官。為了繁衍，牠們必須不斷進化。如果你將所有精力專注於一個結果，那麼你一定能實現目標。其實就這麼簡單。你的問題也可以這樣回答。**你只要觀察得夠仔細，甚至能比當事人還了解他自己。**」

我好幾次想提及讀心術，好提醒他先前和克羅默的事。

但奇怪的是，我們兩人都絕口不提多年前對我幫助甚鉅的那起事件，就好像從沒發生過一樣，又好像已經徹底把這件事給忘了。有這麼一兩次，我和德米安在街上碰到克羅默，但我們連看都沒看對方一眼，且什麼也沒說。

「意志是什麼？」我問他：「你一方面說我們沒有自由意志，而又說我們需要專注於某個目標來實現它，這樣有點說不通吧？如果掌握不了意志，那麼便無法隨心所欲。」

他像之前一樣，拍了一下我的肩膀。每次我讓他覺得好笑時，他都會這麼做。

「你看，你現在學會問問題了呢。」他笑道：「你應該多發問。其實非常簡單。例如，如果雄蛾專注於朝星星或其他不可能抵達的目標飛去，牠絕不可能成功。但牠們從不做這樣的嘗試，而是做有價值的事、需要做的事，或終其一生中必須做的事。正是因為如此，牠們才進化出其他生物所沒有的超凡第六感。與動物相比，人類擁有更多的選擇和更廣泛的興趣，但我們也受諸多無法打破的限制。如果我想去北極，只有願望足夠強烈時，才能促使我付諸行動。**一旦你遵從內心行事，那麼你便會實現目標，然後你便能夠掌握意志**。如果我想要神父不再戴眼鏡，那必定徒勞無功。但去年秋天，我希望調換座位，這就簡單多了。某天，有個坐在我前面的人病好了後回來上課，需要有人挪出位子給他，於是我便主動提出讓位，因為我早就想抓住這個機會。」

「喔？」我說：「我當時還覺得奇怪呢，**自從我們彼此產生了興趣，你的座位就離我越來越近**。但你到底是怎麼做到的？你沒有立刻要求坐我旁邊，而是先坐到我的前排。你是如何又調了一次的？」

「喔，這樣說吧，其實我一開始並不確定想要調到哪，只是想從前排調開，盡可能調到後面去。我想坐到你旁邊的位子，但當時並沒有意識到這一點。同時你似乎也願意讓我坐到旁邊，這也對我有所幫助。當我調到你前面時，我才發現我的目標只實現了一半，而我的最終目標是坐到你身邊。」

「但當時班上並沒有人生病，沒有人病好了回來上學，也沒有人轉學呀。」

「對的，但我只是說我想調到你的旁邊。跟我換位子的那個學生雖然有些驚訝，但還是與我換了。神父其實知道我換了位子，現在他每次注意到我都還有些不自在，他知道我叫德米安，我應該坐在前排，而不是後排。**但因為我主觀上的反對，並連續設置障礙，他並沒**

有意識到那是我主導的。每次注意到座位出現變化，他便望向我，試圖察覺些什麼。但我的辦法很簡單，每當他盯著我時，我也會與他對看。沒有人能與我對看太久，他們一般都會變得緊張。**如果你想要從某個人那裡看出些什麼，只需盯著他的雙眼**，但如果他並不感到緊張，那你就只能放棄，因為這個方法肯定不會奏效！不過失敗的情況很少見，實際上我只遇到過一個這樣的人。」

「是誰？」我立刻問道。

他瞇著眼看著我，就像是在思考。然後移開眼神，不再說話。即使我十分好奇那人是誰，但我不敢再繼續追問。

我認為他說的是他母親。他曾告訴我，他和母親之間的關係很親密，卻從未提過她的名字，也不曾帶我去過他家，因此我不知道他母親長得什麼模樣。

有時我會試圖模仿德米安，將意志集中於某個我想達成的目標上。儘管我的願望似乎十分迫切，卻什麼都沒發生，這個方法發揮不了作用。我不能去問德米安，也不能向他承認我的願望。同樣，他也沒問過我。

在那段時間裡，我的宗教信仰出現了裂痕。我的思想明顯受到德米安的影響，與其他學生的思想不同。他們鼓吹無信仰，有時會宣稱信仰上帝荒謬而沒有任何意義；三位一體和瑪利亞聖靈感孕[11]的故事實在荒誕。在我們的時代還宣揚這些，簡直豈有此理。我的想法卻不同，儘管我對有些故事也抱持疑問，但我從小就在父母的引領下虔誠地祈禱，因此我知道信仰能發揮積極的作用，絕對稱不上偽善。相反地，我仍深深地敬畏宗教。然而，**德米安卻讓我以一種更自由、更獨立、更有趣、更具想像力的方式來解讀《聖經》故事**，我也很樂意了解他的建議和詮釋。例如他對該隱的解讀，就太標新立異了。

有一次在課堂上，他提出了一個更大膽的觀點，讓我震驚莫名。當時神父剛介紹完各各他山[12]，其實耶穌受難的故事從小便令我留下了很深刻的印象。小時候，每到耶穌受難日，父親就會講耶穌受難記給我們聽，我便會沉浸在這個悲傷但美好、可怕而又生動的世界。每每聽到客西馬尼園[13]、各各他的故事，聽到巴哈的《馬太受難曲》，來自

11 聖母瑪利亞生耶穌時是仍為處子之身，受聖靈感應而懷孕。

12 Golgotha，又譯髑髏地，此處為耶穌被釘死在十字架上的地方。

13 Gethsemane，即耶穌蒙難地，耶穌被猶大出賣被捕之地。

那個神祕世界的陰鬱而強大的悲壯之光便淹沒了我，激起一絲神秘的戰慄感。直到現在，我依然認為巴哈的音樂與清唱劇《哀悼典儀》裡包含了所有詩性的精華。

那堂課後，德米安沉思道：「我不喜歡這個故事，辛克萊。你再讀一遍吧，仔細解讀一下。有些地方似乎不對勁。就是那兩個強盜，與耶穌一起被釘死在十字架上。三個十字架立在那，令人印象深刻。但為什麼講那個強盜被感化？他肯定是徹頭徹尾的惡棍，已經承認了所有罪行，天知道還有什麼，但他在那時卻痛哭流涕、痛改前非、懊悔異常！**都快下地獄了，懊悔又有什麼用？**你說呢？這只是一個勸善故事，試圖用語言打動你。如果要我從兩個強盜中選擇一個當朋友，或者選擇更信任誰，我一定不會選那個哭求悔改的人，而是選擇另一個人，**因為他比較有骨氣。他自始至終都未曾轉變，因為轉變對他來說都是謊言。他一條路走到黑，沒有拋棄背後唆使他的魔鬼。**他十分有個性，而在《聖經》故事中，這種人一般都死得早。說不定他也是該隱的後代，你覺得呢？」

我只剩下驚愕。我曾一直認為我讀懂了耶穌受難的故事，但德米安的解讀使我第一次意識到，我的理解多麼淺薄。他的觀點太過極端，幾乎推翻了我一直以來的信仰。不對，我不能懷疑一切，尤其不能懷疑那些神聖的故事。如同往常一樣，在我提出異議前，他已經意識到我的抗拒。

他退了一步道：「我知道，這同樣也是個古老的故事，別當真！但我還是想說一下，這樣的問題還很多，都能證明宗教的缺陷。《新約》和《舊約》中的上帝雖然超凡，但並不完全仁善、高貴、慈愛、美好、崇高、感性，而存在一些其他特性。這些可以歸於邪惡，這另一半世界被抑制和掩蓋。**他們視上帝為萬有之父，卻絕口不提男女之間的性事，反而將之視為一種罪孽**；但實際上，這才是人類繁衍的基礎。我並不反對人們信仰耶和華，但我認為我們應該敬畏一切，敬畏整個世界，而不僅僅是這個人為創造的世界。因此，**除了信仰上帝外，我們還應該了解一下魔鬼**。我認為，我們應該創造一個接納魔鬼的上帝，這樣我們便無需掩蓋、詆毀世界上最理所當然的事情。」他一時之間一反常態，變得十分激動，但隨即又掛上慣有的微笑，不再進一步深究。

然而，他所說的這些擾動著我的青春期。當時，我心中有一個祕密，只是我從未向他人透露。德米安關於上帝和魔鬼的言論，完全說到了我的心裡。我的祕密、我的世界就分成了兩半，一半光明，一半黑暗。我意識到，**我的問題是所有人都會遇到的問題，這是關於生存和思考的問題**。意識到我的生活和觀點在芸芸眾生中不值一提後，我突然產生了一絲恐懼與敬畏。這樣的意識讓我感到安心、滿足，卻並不令我多麼高興，反而有些苦澀，因為那意味著責任，意味著我不能再幼稚下去，而應該獨立起來。於是，我第一次向德米安透露了埋藏在我內心深處的祕密，告訴他我眼中的兩個世界。他立刻意識到我的想法與他的不謀而合，但他並沒有利用這一點乘勝追擊。**他比以往任何時候都聚精會神，凝視著我的雙眼，而我忍不住閃躲**。我從他的眼中再次看到了那種動物似的神情以及不可思議的成熟感。

「我們換個時間再討論這個問題。」他打斷我：「我看得出來，你現在無法完全表達你的想法。**但這也表示，你沒有隨心所欲地生活，這肯定會有壞處**。想法只在付諸實行之後才有價值。你也明白，光明的世界也僅是一半，而你和神父一樣想要掩蓋另一半的世界，這絕對不會成功。**只要意識到了，就沒有人能成功掩蓋。**」

這番話說到了我的心裡。

「但這世界上有那麼多禁忌、醜惡的事情！」我幾乎大喊出聲：「這你不能否認。有些禁忌我們必須放棄。當然，我知道世界上存在著謀殺等惡行，但**難道就因為這樣，我們就必須變成混蛋嗎？**」

「今天我們應該是得不到答案的。」聽到我這樣說，他安慰道：「當然，你不能去殺人或強姦，但你還不明白『合理』和『禁忌』的真正含義。你只是感知到了部分真理，**你終究會有更深入的理解，而最終依之行事**。在這一年來，你一直有一股衝動，比其他衝動都強烈，這就是『禁忌』。希臘人以及其他許多民族卻將這種衝動視為神聖的事，並專門設了節日來慶祝。換句話說，**禁忌並非一成不變**。只要一對男女在神父的見證下宣布結婚，那麼他們便可以同房。但直至今天，其他民族的觀念也不相同。因此，我們每個人都應該探尋自身的合理和禁忌。**有人可能終其一生都不曾違反法則，但這並不阻礙他成為一個混蛋，反之亦然。實際上，這只與懶惰有關。**那些懶得思考的人會服從世俗的力量；勤於思考的人則會探尋其內心深處的法則，對他們來說，**正派人一直堅持的事也可能屬於禁忌，而遭人唾棄的也未必就不合理。**因此，每個人都應該有自己的判斷。」

他似乎突然後悔自己說多了，安靜了下來。此刻，我似乎察覺到了他的想法。雖然他以一種滿不在乎的態度表明，但正如他之前告訴我的那樣，他無法忍受單調的談話。然而，他非常喜歡與我閒聊，這能帶給他巨大的歡樂，或者說，缺乏認真的參與感。

提到「認真的參與感」，我突然想起一件令我和馬克斯・德米安都印象深刻的事情。

當時，施堅信禮的日子就要到了，我們在課堂上也開始講解《最後的晚餐》。神父很重視這個故事，盡可能詳細地解讀。我們甚至能感受到那莊嚴的氛圍。然而，我卻心不在焉，分心去想德米安。我即將接受堅信禮、受到教會接納，然後成為正式的信眾，但我卻不由自主地產生一個念頭，參加課程的價值並不在於我學到了多少知識，而在於我認識到了馬克斯·德米安並深受他影響。那段時日並非僅使我接受堅信禮，而是意識到**世上一定存在其他想法和個性，而德米安便是那位代言人和信使。**

我試圖壓住這個想法，因為我希望保持一定的尊嚴來接受堅信禮，但這個新念頭卻讓我心裡亂糟糟的，無論我怎樣做都無法擺脫，反而變得越來越清晰。我準備好以不同的心態來接受堅信禮，這意味著**我將透過德米安進入這個思想的世界。**

有一天課前，我們就某個問題發生了爭吵。他堅信自己的觀點，似乎不願與我多說什麼，或許因為我的想法太早熟。

「我們不該討論這麼多。」他以不同以往的嚴肅態度說：「**強詞奪理毫無價值，只會讓人丟失自我**，而這又是一種罪孽。人必須完全爬進自己的內心，就像烏龜一樣。」

說完這些，我們剛好走進教室。開始上課時，我試圖專心聽講，德米安也沒有打擾我。但沒過多久，我覺得旁邊有些不對勁，透著空虛、冰冷的氣息，德米安的座位似乎突然空了。這種感覺越發強烈，迫使我轉過頭去。我發現德米安坐得筆直，像往常一樣，但看上去卻完全不同，他的全身圍繞著莫名的氛圍。恍惚間，我以為他閉著雙眼，細看時卻發現並非如此，他的視線沒有焦距，只是茫然地盯著前方，似乎在看向內心或遙遠的他處。他坐在那兒一動不動，彷彿連呼吸都停止了。他的嘴角稜角分明，如同由木頭或石塊雕刻而成。他的面色慘白，就像是已經石化；全身最有生氣的只有那一頭深色棕髮。他的雙手放在桌子上，毫無生氣，就像是石頭或者水果，一動也不動，卻又像蠶繭，其中孕育著強勁的生命。

看見他這樣，我全身微微發顫。我當時想，他是不是死了？甚至幾乎大喊出聲。我出神地望著他的臉龐，他似乎戴上了一張蒼白的石頭面具，**我感覺到，這或許才是真正的德米安**。而當他走近我、與我交談時，都隱藏了這一面，扮演著另一個角色，調整自己以表現得像其他人一樣。但**他真正的面目是這樣的，原始且像動物或大理石，美**

麗卻冰冷；死氣沉沉但又具有難以置信的生機。他全身透著空虛、空寂甚至死寂的氣息！

他已經完全沉浸在內心活動中了，這令我相當驚恐。我擔憂地發顫，因為我從未感到如此孤獨，從未感到離他如此之遠。他變得難以觸及，就像是站在世界另一端的某個孤島上。

我身邊居然沒有人注意到他！所有人都應該注意到的，所有人都應該因此而顫抖！但沒有！他坐在那裡，像個雕像，在我眼中更像尊神像！這時，一隻蒼蠅落在了他的額頭上，然後爬到了他的鼻尖和嘴唇，但他居然連動都沒動一下。

他神遊到了哪裡？他在想什麼？他感覺到了什麼？是去到了天堂還是地獄？

我問不出口。最後，他呼了一口氣，我才覺得他還活著。他轉頭看了我一眼，又變回了以前的樣子。**他來自於哪裡？去了哪裡？**他看上去似乎有些疲憊，但臉色不再蒼白，雙手也動了動，但深棕色的頭髮卻沒有了光澤，彷彿失去了生機。

在接下來的幾天裡，我在臥室裡嘗試練習這個動作：筆直地坐在椅子上、眼神僵直、一動也不動，看看自己能保持多久，會有什麼感覺。但最後，我只感到疲倦且眼皮發癢。緊接著，我們接受了堅信禮，但我對此沒有多少記憶。

現在，一切都已經改變。**我的童年世界已成了廢墟**。父母的眼神帶有某些尷尬，姊妹也開始疏遠我。我幡然醒悟，往日的感受和歡樂已離我而去。花園中的芬芳不再，樹林也失去了往日的吸引力，而**我周圍的世界彷彿一個舊貨市場，平淡乏味**。書籍只不過是一堆紙張，而音樂也變成了噪音。我彷彿變成了秋天的一棵樹，樹葉飄落，生命逐漸退縮到內部，感覺不到雨水，也感覺不到日出或霜凍；然而我並沒有死去，而是在等待下一個春日。

我的父母決定在假期結束後將我送至寄宿學校讀書，這是我第一次離家。母親有時會來看我，她的溫柔就像是提前與我告別，這激起我的愛、思鄉之情，並銘記於心。德米安也離開這個城鎮，出門旅行去了，我又變得形單影隻。

第4章
貝緹麗采

她的出現打開了一扇神聖的大門，讓我皈依神殿。我突然間不再光顧酒吧，也拋棄了其他惡習。我又變得孤身一人，卻喜歡上了閱讀和散步。我再次有了偶像，生活再次充滿了神祕的美好，我可以無視那些嘲諷。儘管我成為了她的奴僕，卻再次找回了自我。

整個假期我都沒再見到德米安。開學前夕，我的父母陪我一起去學校所在的城市，將我安置在了一家由高中老師經營的寄宿公寓。要是當時他們知道這樣做會使我走到何種地步，一定會目瞪口呆。

我依然有一個疑問。我最終會成為一個乖兒子和對社會有用的人，還是我的秉性會讓我走上截然不同的道路？有很長一段時間，我嘗試在父母的關照下無憂無慮地生活，好像差一點點就要成功，最終卻徹底失敗了。

堅信禮結束後，我第一次產生了一種孤獨和空虛感，久久不曾消退。令我十分驚訝的是，我並沒有因為離家而不安，也沒有產生多少思鄉之情；姊妹們看著我離開時猛擦眼淚，我卻沒有一絲想哭的意思，這讓我十分慚愧。我曾多愁善感，且本質上屬於乖孩子，現在卻變了，變得對外部世界漠不關心，且時常連續好幾天只聆聽內心的聲音，思考那些禁忌問題；**我平靜的表面下，內心早已在咆哮**。半年之內，我長高了數英寸，身材顯得十分清瘦，而內心也逐漸成熟。**我不再純真，很可能沒人會喜歡現在的我，當然連我自己都談不上喜歡**。

我常常想起馬克斯．德米安，**但有時我也會恨他，恨他讓我的生活變得一團糟。**

在寄宿公寓中，我並不受歡迎，也不受人重視。他們一開始嘲笑我，後來卻不再搭理我，認為我是個孤僻的怪胎。我自己也覺得如此，便更自我孤立了起來。在外人看來，我似乎十分瀟灑，但實際上，我時常感到莫名悲傷與絕望。在學校中，我掌握的知識比他們多出一大截，所以現在的課程進度對我來說都太落伍了。我開始以輕蔑的眼光看待那些同齡的孩子。

就這樣，一年過去了。期間幾次放假回家，我都沒感受到多少溫暖與熱情，甚至期待再次離開。

時間來到了十一月初，我早已習慣邊散步邊想事情，風雨無阻，這讓我感到莫大的快樂，沉浸於憂鬱、厭世、自憎的氛圍。一天傍晚起了薄霧，我漫無目的地遊蕩。公園中的林蔭道有些荒蕪，召喚著我進入其中。路面鋪滿了落葉，我帶著陰鬱的亢奮踢翻它們，散發出濕潮的氣味。遠處的樹木在霧中若隱若現，彷彿一個個巨大的幽靈。

走到道路盡頭，我遲疑地停下了腳步。盯著那些發黑的樹葉，我貪婪地呼吸著那腐朽而潮濕的空氣，這令我的內心十分歡愉。

有個人從小徑走來，外套隨風起伏。我打算轉身離開，但就在那時，他叫住了我：

「你好，辛克萊。」

他走了過來，是阿豐司・貝克，班上年紀最大的一個男孩。

我很高興見到他，儘管他經常嘲諷比他小的孩子，包括我，同時也比較傲慢，但我並不討厭他。他長得像頭熊一樣強壯，甚至連老師都聽他的。學校中流傳的很多故事都將他當作主角。

「嗨，你在這裡幹什麼？」他以一種哄小孩的語氣問道：「我敢打賭，你在寫詩，對不對？」

「我才沒興趣。」我直接堵了回去。

他大笑幾聲，然後走了過來，開始與我閒聊，我已經很久沒這樣和人說話了，覺得很不習慣。

「別以為我不懂，辛克萊。秋日傍晚，漫步於薄霧中，心懷一絲愁緒，讓人不自覺地就想來上一首，我懂的。感嘆萬物枯萎，當然也會感嘆逝去的青春，就像海因里希・海涅[14]那樣。」

「我沒那麼多愁善感。」我反駁道。

「好吧，不承認就算了。但我覺得，這樣的天氣最適合的是找個地方坐下來喝一杯。你來不來？我正好也一個人。我不是要將你引入歧途，你要是想一直當個乖孩子，那就算了。」

沒過多久，我們已在小鎮邊緣的酒吧中舉著厚厚的玻璃杯，喝著劣質酒。我一開始不太適應酒的味道，但那是一種全新的體驗。很快，或許是因為喝了點酒，我的話多了起來。那天，我似乎又敞開了心扉，照見了整個世界。我有多久沒與其他人暢談了？我開始胡說，最後說起了該隱和亞伯的故事。

貝克聽得頗有興致。終於有人聽我嘮叨這些了！他拍了拍我的肩膀，誇我了不起。經歷長久的壓抑，我終於將心中的話倒了出來，並得到別人的認可，這令我大呼痛快。他稱我「你這聰明的小混蛋」，就像美酒滋潤了我的靈魂。世界重新煥發光彩，我的想法如噴泉般湧

14 Heinrich Heine，德國著名浪漫主義詩人、小說家。

出，熱情之火在我心中燃燒。我們又談論了老師和同學，兩人的想法似乎出奇地一致。之後，我們又談及了希臘人和異教徒。但貝克最想知道的是我有沒有和女孩子睡過，我只能沉默不語。因為沒有經歷，也就無從說起。我曾幻想過、糾結過，卻從未放縱過，就連這次喝得醉醺醺，我也控制住了。

貝克對女孩子十分了解，滔滔不絕，以至於我連一句話都插不上。有些不可思議，我從沒想過，卻又無比正常。貝克當時十八歲，卻似乎已縱橫情場多年。例如，人們認為女孩子都比較輕浮，他卻說實際並非如此，女人也可以取得成功，女人更理性。他認為雅各特夫人就是那樣，她擁有一家文具店，我們都可以去買東西，但在櫃檯後面發生的事可就一言難盡了。

我痴迷地聽他說著這些，有些目瞪口呆。當然，我從未對雅各特夫人產生愛慕之情，但他所說的實在令我震驚。至少對年齡稍大的男孩來說，她是值得愛慕的對象，而我從未這樣想過。我感覺有些不對，**他所說的比愛慕更低俗，但至少真實，這就是生活與冒險。**貝克經歷過這些，因此他覺得再正常不過。

說到這裡，我們之間的交流似乎變少了。我也不再是他口中的那個「聰明的小混蛋」，而是一個小男孩在聽大人嘮叨。即便如此，這也比之前幾個月的生活精彩得多，令我十分享受。而且，我漸漸意識到，我們所談論的都是禁忌，至少對我來說，我嘗到了叛逆的滋味。

我可以清晰地回憶起那個夜晚。我們相伴，沿著朦朧的路燈往回走去。**那是我第一次喝醉，沒有什麼痛快的感覺，有的只是痛苦，卻為我的生活和精神帶來了一絲緊張、反叛的滋味。**儘管貝克咒罵我酒品差勁，卻扶著我一路回到了寄宿公寓，最後將我從走廊的窗戶中推進屋內。

昏睡半晌後，我清醒了過來，在痛苦與憂愁中坐了起來。當時我身上只穿著襯衫，其他的衣物散落在地板上，散發著菸味和嘔吐物的味道。我感到頭疼、噁心和口渴，恍惚間像是回到了家中，回到了我的房間，看到了父親、母親和姊妹，又回到了花園中。我又回到了熟悉的臥室、學校、市集和堅信禮課堂上，又見到了德米安，一切都那麼美好、純粹。這些在昨天、甚至幾小時之前仍全部屬於我，但就在此刻，都已支離破碎並離我而去，它們厭惡地一把推開我。之前的種種親密關係、父母帶來的美好、母親的每一個吻、每一個聖誕節、每一個虔誠祈禱的禮拜日，以及花園中的每一朵花，都被我扔在地上踐踏！如果我現在因褻瀆罪被捆綁並押至絞刑架，我一定會坦白懺悔並甘願受罰，絕無異議。

這就是我，一個傲慢、倨傲、深受德米安影響的人，就是一個骯髒不堪、令人憎惡、乳臭未乾的廢物、小人、醉鬼，**一頭被欲望支配的野獸！**這就是我，生於整潔、光彩、柔美的花園，曾熱愛巴哈與美麗的詩歌。頭痛與惱怒中，我仍能回想起昨夜的醉態與任性妄為，愚蠢的狂笑仍在耳邊迴響，這也是我。

終究，這些苦惱也令我沉醉。我已麻木不仁太久，我的心也沉寂了太久。我畏畏縮縮地躲在角落，以至這種自責、恐懼和糟糕的感覺都令我狂喜。**至少，我又有了感覺；至少，我又有了一絲激情；而又至少，我的心再次跳動了起來。雖然凌亂不堪，卻感到一絲解脫。**

在別人眼中，我很快就墮落了。在那之後，我又喝醉了好幾次。我更頻繁地流連於酒吧。學校中不少人愛喝酒，而我是其中年齡最小的一個。很快，我從跟班變成了發起人，成為了一個聲名狼藉的酒鬼。我再次擁抱那個黑暗的世界和魔鬼，且這次遠非一個無名小卒。

但我仍感到苦惱異常。我持續自甘墮落，而周圍的同伴們都將我視為帶頭起鬨的人，認為我十分風趣，但我的靈魂卻悲傷莫名。我仍能記得，在一個週日的清晨，我坐在酒吧中，看著大街上的孩子們在快樂地玩耍，他們精心梳理了頭髮並穿上最好的衣服，我不由自主地流下了眼淚。我的狐朋狗友卻圍著髒兮兮的桌子，只是喝著啤酒。那天我對他們冷嘲熱諷，他們儘管震驚，但在內心深處，卻敬畏我所貶低的事物，並對著靈魂、過去、母親和上帝哭泣。

我從未真正成為他們的一員，反而時常覺得孤獨、痛苦不堪。原因在於，我只在酒吧中逞英雄，滿足最原始的欲望。我對於老師、學校、父母和教堂的想法十分大膽。我能聽他們講下流的笑話，甚至有時也會自己講上一段，卻從不加入他們去找女人。儘管從我的言論中判斷出，**我是一個全無感情的好色者，卻總是感到孤獨，渴望得到愛，絕望般的渴望。**我無比脆弱、醜腆，每次看到穿著豔麗、漂亮、優雅的年輕女孩，都彷彿夢境般美好、純潔，不禁令我自慚形穢。甚至有段時間，我都不敢走近雅各特夫人的文具店，因為我會想起貝克那天所說的話，不自覺地臉紅。

我越感到孤獨，越感到與周圍狐群狗黨的不同，就越離不開他們。我不記得痛飲吹牛是否曾真正讓我感到一絲快樂。我從未習慣飲酒，也不常醉得一塌糊塗。我有時不由自主地要去喝酒，卻僅僅是因為我不知該做些什麼。**我害怕長時間的孤獨，害怕變得軟弱、純真，更害怕產生愛意。**

我缺少一個真正的朋友。有那麼兩三個同學似乎可以成為朋友，但他們都規規矩矩，而我的放蕩不羈卻眾人皆知，這導致他們一直躲著我。在他們眼中，我就是個無可救藥的人。

老師也都視我為眼中釘，動不動就懲罰我，在他們看來，被學校開除是早晚的事。我早已成為別人眼中的壞學生，但我仍然能踩著及格線通過一次次考試，給人的感覺就是下次絕對會完蛋。

上帝有無數方法讓我們感到孤獨，然後回歸自我。當時我就處於這種境地。那簡直是一場惡夢。我蹣跚地走過汙穢爛泥，踩著破碎的啤酒瓶，整夜放縱而茫然不自知，從未尋得一絲安寧。我時常夢到自己在拯救公主的路上，陷入泥沼或迷失在散發惡臭、堆滿垃圾的漆黑小巷中。這就是我當時的感受。我變得孤獨，**我與童年之間立起了一道大門，門旁還站著兩個冷酷的門神**。從那開始，我漸漸懷念起曾經的自我。

學校曾多次致信向家裡告狀，於是父親突然前來看我，這令我嚇了一大跳。而當他在冬末第二次來的時候，我早已波瀾不驚。我默不作聲地聽著他的責罵與懇求，聽他要我好好想想母親的立場。終於，他惱火了，說要是我不改，他就會要我退學，然後將我送去少年感化院。隨便他吧！我想。他離開後，我有些愧疚。他沒能勸動我，而有時候我覺得他活該。

我已經不在乎自己會變成什麼樣子。我去酒吧大肆吹噓，恰恰是我對抗這個世界的方式。我正在走向毀滅，但有時候我也意識到，**如果世界沒有給我這樣的人留個位置，沒有安排更艱難的任務，那麼我們只能自暴自棄**，這是整個世界的損失。

那年聖誕節，全家人都過得不開心。母親看到我時吃了一驚。我又長高了，瘦削的臉龐慘白、頹廢，面色憔悴、眼睛紅腫。當時我剛長出鬍子，加上鼻梁上的眼鏡，讓我看起來老了許多。姊妹也取笑我的樣子，所有的一切都不甚友好。在書房中與父親的談話，以及與親戚們的見面十分不愉快，而聖誕節前夕更是讓我感到不快。小時候，聖誕節一直是家中最隆重的節日，全家人一起歡慶，空氣中充斥著愛與感恩，每次我與父母的感情都會加深一步。而這個聖誕節，氣氛異常壓抑、尷尬。如同往常一樣，父親首先讀了一段箴言「牧羊人看管羊群」，姊妹們站在擺滿禮物的餐桌前，顯得興高采烈。但父親的聲音中透著不滿，神情蒼老而拘束，而母親也顯得有些悲傷。禮物、祝福、福音與聖誕樹，所有一切都顯得不合時宜。薑餅散發著香氣，讓我想起無數甜蜜的回憶。聖誕樹的芬芳講述著離我而去的世界。我盼望著夜晚早點到來，假期快快結束。

整個冬天就這樣過去了。很快，我接到了學校教務部的警告，威脅要開除我。隨便他們吧，我才不在乎。

到這裡讀書之後，我就再也沒見過德米安。一開始幾個月，我寫過兩次信給他，但他一封都沒回。這讓我一度十分怨恨他。因此，這個假期我也決定不去找他。

早春時節，我又來到那個公園，一個女孩走進了我的視線。那天我獨自一人在公園漫無目的地走著，腦海中思緒雜亂。那段時間我的身體不好，且零用錢也不夠了，因此欠了同學不少，我需要不斷編造理由從家裡要錢，還在不少商店中賒香菸和啤酒。在事情爆發之前，如果能結束這一切，例如去投河自殺，或被送進少年感化院，我就不用再煩惱這些煩人的事了。然而，眼前我還是避不開這些瑣事，這讓我相當心煩意亂。

在一個春日的早上，我在公園中遇見了一個女孩，那似乎就是所謂的一見鍾情。她身材修長、衣著優雅，且臉龐透著精明與英氣。我一下便陷入了愛河，她就是我一直想找的女孩。她看起來年紀比我還小，卻顯得更加成熟，全身散發著優雅的氣息；面容中仍帶有些許陽剛和稚氣，這是最吸引我的地方。

我從未搭訕過喜歡的女孩，因此見了她，我也不知道該怎麼做。但她給我的印象比之前任何一個女孩都強烈，這一段沉迷對我的生活產生了重大的影響。

恍惚間，我想到了一個高雅完美的形象，我內心從未如此熾熱地愛慕一個人。我認為她就是我的貝緹麗采[15]，即使我並沒有讀過《神曲》，但我從一幅油畫中了解這個角色，我還收藏著一幅複製品。這是一幅拉斐爾前期風格的畫作，畫中的女孩四肢修長、身材苗條、長臉、雙手超凡脫俗。讓我一見鍾情的女孩與畫作中的女孩並不完全一樣，但她也有苗條的身材和充滿英氣的臉孔，散發著靈性。

儘管我從未與她說過話，但她在那段時間對我影響深遠。她的出現打開了一扇神聖的大門，讓我皈依神殿。我突然間不再光顧酒吧，也拋棄了其他惡習。我又變得孤身一人，卻喜歡上了閱讀和散步。

---

15 Beatrice，但丁《神曲》中的重要角色，甚至可說但丁的《神曲》是為她而寫。她曾是但丁的戀人，但丁對她的愛嚴格來說只是一種精神上的愛情。

我突然變了性子，這害得我被嘲諷了好一陣子。但我找到了愛慕的人，我再次有了偶像，生活再次充滿了神祕的美好，我可以無視那些嘲諷。**儘管我成為了她的奴僕，卻再次找回了自我。**

每每想起那段時光，我都滿懷欣喜。我再次努力建構一個光明的世界，來解決那段時間因墮落而帶來的問題。

我再次竭盡全力消除黑暗和邪惡。這個光明的世界在一定程度上由我自己建構，我不再逃避，不再逃回母親的懷抱。這是一項責任，**我必須自己承擔，進而自我約束。**

我的性意識長久以來都在折磨著我，現在卻昇華到精神層面的愛慕，消除了所有陰暗和醜惡。夜晚我不再輾轉反側，不再看到淫穢的圖片就興奮，不再貼著門縫偷聽，也不再胡思亂想。**我心中有一座貝緹麗采的聖壇，我決定獻身於她、獻身於上帝**，以我陷入黑暗的那段人生為祭品，獻給光明。我的目標純潔、美麗，且提升到了精神層面，而非低級的歡愉與幸福。

我在對貝緹麗采的迷戀中實現了昇華。昨日我還早熟、玩世不恭，今天我卻一心想成為聖徒。我開始改變之前的惡習，試圖做一個純潔、高尚的人。我改變了飲食方式，不再喝酒，也開始穿得中規中矩，同時說話也變得彬彬有禮起來。我每天早晨洗冷水澡，一開始，這對我來說是個巨大的挑戰，必須強迫自己才辦得到。我變得認真莊重，甚至開始模仿紳士的步態。在他人看來，這十分滑稽可笑，但對我來說，這是一場朝聖之旅。

在這些轉變中，有一項對我特別重要，那就是繪畫。

一開始，我只是臨摹我收藏的那幅油畫，後來我想把我遇見的那個女孩畫出來，送給自己。我滿懷欣喜並充滿希望，買了畫布、顏料和畫筆，一一擺放在房間中（我剛被分配了一個單人房），然後準備好了調色板、玻璃杯、瓷盤和鉛筆。小瓶裝的蛋彩畫顏料令我十分欣喜。小白盤上的那抹濃郁的銘綠，至今仍歷歷在目。

我小心翼翼地開始在畫布上塗抹。畫人像並不容易，因此我決定從其他部分開始。我首先畫背景、花朵和風景：一間小教堂、一棵樹、一座羅馬式的橋以及橋兩側的柏樹。有時我完全沉浸在繪畫過程中，像個孩子肆意揮灑著畫筆。最後，我開始畫貝緹麗采。

最初，我畫壞了好幾幅，全被我扔了。**我越是想還原她的面容，就越畫不好**。最後，我放棄了，轉而放空自己，依直覺作畫。那是一張夢中的臉，還算令我滿意。於是我繼續畫，儘管那不是真實對象物的再現，卻十分接近我想要的效果。

漸漸地，我變得越來越遊刃有餘，肆意揮灑。我的腦海中並未事先設定原型，而是潛意識地在揮動畫筆。終於有一天，畫作完成了，我甚至沒有意識到。**望著那張臉，我傻住了。這並不是我遇見的那個女孩的臉，而有些虛幻，對我來說卻意義非凡**。畫中的臉看起來更像個男孩子的臉，頭髮也不是淡黃色，而是深棕色，略呈微紅。下巴堅毅果決，而雙唇鮮紅欲滴。整體來看有些僵硬，彷彿是一張面具，卻令人印象深刻，處處透著神祕的氣息。

望著已經完成的畫作，我突然有種奇怪的感覺。這張臉像是上帝，又像一張神聖的面具，比較中性化、永恆而又夢幻，僵硬但又富有活力。它屬於我，似乎想向我傳達什麼資訊，又或是想問我什麼問題。**越看越有某個人的身影，但我毫無概念。**

那段日子，我常想起這幅畫，它構成了我生活的一部分。我將它鎖在抽屜裡，其他人都看不到，因此也不會有人嘲笑我。每當孤獨一人的時候，我都會躲在房間裡拿出來看一看，對畫中人物說說話。而到了夜晚，我會將畫掛在牆上，凝視著，直至睡著，這樣第二天早上，一睜眼就能看到她。

我又開始做各種各樣的夢，就像小時候那樣。我似乎已經好幾年沒做夢了，而現在，一些全新的形象進入了我的夢境。我常常夢到這幅畫，畫中的人物活了過來，有時友好，有時與我敵對，有時會對我做個鬼臉，有時美得驚人，溫文儒雅。

一天早晨，我從夢中醒來，突然認出了那張臉孔。那雙眼盯著我，竟極為熟悉，而畫中人也彷彿要喊出我的名字，就像母親一樣，溫柔地看著我。我盯著畫，不禁心跳加速。看著那深棕色的頭髮、半女性化的嘴角，以及發亮而顯得堅毅的額頭（畫作晾乾後額頭自動發亮）。我似乎就要認出來那是誰。

我跳了起來，大步來到畫前，身體前傾，仔細觀察那微帶綠色的雙眼，其中右眼比左眼略高。一剎那，畫中人物的右眼彷彿眨了一下，雖然很細微，但的的確確眨眼了。我認出來了……我為什麼這麼久才發現呢？**那是德米安的臉啊！**

之後，我經常拿那幅畫與記憶中的德米安進行比對，儘管兩者之間有相似之處，卻並不完全一樣。總而言之，那就是德米安。

在某個初夏的傍晚，夕陽西下，餘輝透窗而入，將我的房間染上了色彩。我突然產生了一股衝動，將這幅貝緹麗采或又可以稱作德米安的肖像畫釘在窗框上，看落日餘暉透過。那張臉變得模糊，但那雙眼、那發光的額頭、那紅紅的嘴脣卻更加鮮豔，我就坐在那兒盯著看了許久許久，直到太陽落去。**我漸漸覺得，那幅畫既不是貝緹麗采也不是德米安，而是我自己**。並不是因為畫中人物看起來像我，且我也從未覺得像，而是它能夠決定我的生活，是內在的自我，是命運。如果我交了新朋友，那麼這幅畫便像新朋友；如果我曾愛過誰，那麼這幅畫便像我的愛人；它也能代表我的生命與死亡，擁有命運的色調和旋律。

那幾個星期，我都在讀一本書。那本書比我以往讀過的其他書的印象都強烈。即使在以後的生活中，也只有一本書可與之相比，而那是尼采[16]的作品。這本書名叫《諾瓦利斯[17]選集》，其中有很多格言警句當時我看不太懂，卻仍令我深深著迷。我突然想起了其中一句格言，然後將之寫在畫作下方：「命運與性情其實是一個概念，只是名字不同罷了。」如今，我似乎懂了。

之後，我遇到那個被我稱為貝緹麗采的女孩好多次，卻再也無法讓我心生波瀾，只覺得她柔情和諧。我會告訴自己，**將我們倆聯繫在一起的並非她本人，而是她的意象，那已成為我命運中的一部分。**

我再次強烈思念德米安。我已經好幾年沒有他的消息。上一次見面是在一個假期。我在日記中故意不提及那次簡短的會面，而我明白那是出於虛榮和羞愧。我必須重溫那一日的情景。

那一次的假期，我回到家鄉。我時常出入鎮上的酒吧，坐在那兒盯著窗外的路人，透著疲憊。有一天，我看到德米安朝我走來。我一

---

16 Nietzsche，德國著名哲學家，西方現代哲學的開創者，對後世影響極大。

17 Novalis，德國浪漫主義詩人、作家、哲學家。

時沒認出他來，甚至有那麼一刻想起了弗朗茲·克羅默，真希望德米安完全忘記了那段經歷！

我感到十分愧疚，儘管那時不懂事，但仍然感到無地自容……他走了過來，似乎等我先打招呼。我盡量表現得很隨意，然後我們伸出手握在一起。就是這個感覺，他的手像往常一樣堅實、溫暖，同時又冷酷、堅毅！

他盯著我的臉，說道：「你長大了，辛克萊。」但他似乎一點都沒變，還是我印象中的那樣。

我們自然而然地沿著街道緩緩走著，說著一些無關緊要的事。我突然想起我曾寫過幾封信，但他沒有回覆。我當時真希望他已經忘了那些愚蠢的信！當然，他也沒提起這件事。

那時候我還沒遇到貝緹麗采，也沒有畫出那幅畫。我依然整日買醉。當我們來到鎮上的郊外，我問他要不要一起喝一杯，他點頭同意。我炫耀似地要了一瓶酒，將杯子倒滿，然後與他碰杯，一口乾了，刻意向他展現一下我乃酒場老手。

「你是不是很常上酒吧？」他問道。

「嗯，是的。」我答道：「要不然還能幹什麼？也就只有喝酒還算有趣。」

「你是這樣想的？或許吧，狂飲沉醉確實挺吸引人。但我認為大多數酒吧常客都享受不到這種樂趣。在我看來，泡酒吧也太無聊了，只是整夜灌酒，然後喝得叮嚀大醉！一杯接一杯，這就是你的生活？像浮士德[18]一樣整夜整夜沉迷在酒吧裡？」

我喝下一大口酒，不滿地看著他。

「也對，不是每個人都是浮士德。」我冷冷地說。

他看著我，顯得有些吃驚。

隨後他笑了，就像以前那樣：「好吧，我們不說這個了！畢竟，醉漢的生活要比普通人的生活更有趣得多。我還從書中讀到過，**享樂是通向神祕的最佳途徑**。像聖奧古斯丁[19]這樣的人都是空想主義者。他本身也推崇享樂。」

我抱持著懷疑的態度，極力想擺脫他的陰影，不想讓自己被他控

18 歌德（Goethe）同名悲劇《浮士德》中的主人翁。

19 Saint Augustine，古羅馬帝國時期天主教思想家，歐洲中世紀基督教神學、教父哲學的重要代表人物。

制。於是我自負道：「是呀，每個人的口味不同。就拿我來說，我壓根不想成為那樣的人。」

德米安瞇著眼看著我，緩緩說道：「辛克萊，我不想和你爭吵。況且，我們都不知道你為什麼會酗酒。相信你內心深處自有答案，而它支配著你。**你要知道，我們心中有這麼一個人，他什麼都知道**，他的意願無處不在，做事也做得比我們都好。很抱歉，我該回家了。」

簡單告別後，我仍然有些生氣，把剩下的酒都喝了。

在離開時，我發現他已把帳單付清，這讓我更加生氣。

我又想起了這件事，無法忘卻。我也記起了他在酒吧中對我說的那番話：「你要知道，我們心中有這麼一個人，他什麼都知道。」

我現在十分想念德米安，卻不知道他在哪裡，也無法聯繫到他。我只知道他大概在某個城市上大學。在他讀完高中之後，他和母親便搬離了這個小鎮。

我盡力回憶與馬克斯·德米安的種種，最早追溯到克羅默事件。**當時他說的話，即使到現在也依然十分有意義。**上次見面儘管彼此並不愉快，但我仍能記得他所說的話。

他說的不正是我嗎？我不就是整日用酒精麻醉自己，茫然而迷失？直到遇見貝緹麗采，才喚醒了我對生活的熱愛，才讓我再次嚮往純潔和神聖。

我繼續沉浸在這些回憶中。夜已降臨，窗外下起了雨。我也在記憶中聽到雨聲，當時就在那棵栗子樹下，德米安詢問我關於克羅默的事，猜測我心中的祕密。一件件往事湧上心頭，學校、堅信禮課堂。最後我憶起了我們第一次見面時的情形。當時我們說了什麼來著？我一時想不起來，但不急，我慢慢回想。想起來了，當時我們站在我家門前，他跟我講該隱的故事，然後說起了我家大門上方的那枚徽章。他十分感興趣，說我們應該多注意這類事物。

那天夜晚，我夢到了德米安與徽章，德米安手裡握著徽章，而徽章不斷變換。時而變小，顯得灰敗，但更多時候是變大，散發著五彩光芒。但他對我說，那是同一枚徽章。最後，他強迫我吞下那枚徽章！**吞下之後，我感覺徽章上的那隻鳥在我的肚子中活了過來**，開始長大，似乎要撕開肚皮從裡頭鑽出來。我嚇得魂飛魄散，一下子就醒了過來。

我一絲睡意都沒了。時間仍是午夜，我能聽到大雨傾盆而下。我起身關窗，腳上似乎踩到了某個閃閃發光的東西。早晨天亮後，我才發現那是我畫的那幅畫。它現在躺在水坑中，邊角已有些褶皺。我用兩張吸水紙將畫包住，然後夾在一本厚書中。第二天打開看時，畫紙已經乾了，卻變了樣子。**畫中人物的紅色嘴唇褪色許多，現在看起來完全就是德米安的嘴唇。**

我開始描繪徽章上的那隻鳥。

我已記不清那隻鳥長得什麼樣了，況且，就算真能靠近細看，也無法看清大部分細節，因為它實在太舊了，而且被一次次刷漆覆蓋。那隻鳥似乎站在什麼東西上，或許是一朵花、一個籃子、一個鳥巢或者樹梢。我暫且先不管那些細節，而從比較清晰的部分開始畫。我提筆就用了鮮豔的顏色，將鳥頭畫成了金黃色；興致一來我便添上兩筆，沒幾天就完成了。

那是一隻猛禽，頭部是鷂，一半的身子掩藏在黑暗中，似乎想要從蛋殼中掙扎出來。整幅畫的背景是藍色的天空。仔細看去，越來越像夢中出現的那枚五彩斑斕的徽章。

即便知道德米安的地址，我也告訴自己別再寫信給他了。現在我卻有股衝動，想把這幅畫寄給他，不論他是否收得到。我什麼資訊都沒留，也沒寫名字，只是小心翼翼地切齊邊緣，將它裝進信封中，然後寄給了德米安。

接下來有一場考試，我需要努力複習功課了。我突然洗心革面，也獲得了老師們的原諒。儘管成績未能名列前茅，但其他同學都再沒提及半年前我差點被開除這件事。

父親的來信也不再滿篇責罵或威脅。但我不打算向他或其他任何人解釋我內心的轉變。其實也就是我的轉變恰好迎合了父母和老師的期望。**但這種轉變並沒有拉近我與其他人的距離，反而令我更加孤獨**。我似乎被引領著靠近德米安，或是一個遙遠的命運。我深陷於內心世界而不自知。儘管我對貝緹麗采一見鍾情，那段時間卻沉迷於繪畫和對德米安的思念中，似乎已徹底忘卻了她。

我找不到人訴說我的夢、我的期望以及內心的轉變，況且我根本也無從說起。

第5章 鳥兒破殼而出

每當我習慣現狀時，每當夢境給我希望時，一切都會轟然倒塌。我會怨天尤人，但也只是徒勞。我的內心從未有一刻的安寧，紛亂的思緒難以言表。我早已習慣了孤獨，並因此感到抑鬱。我急切希望真正地活一次，融入這個世界，不論融洽與否，不論是否會引發衝突。我所渴求的無非是將心中脫穎欲出的本性付諸生活，為什麼這麼難？

畫中的那隻鳥兒正飛往德米安，回覆卻是以一種最奇特的方式來到我手中。這完全出乎我的意料。

課間休息時，我偶然發現書本中夾著一張字條，摺成了同學間私底下傳遞的紙條。我很驚訝，居然會有人傳小紙條給我。我想這一定是有人在跟我開玩笑，我決定不予理會，便又重新將它夾在了書中。上課時，我又翻到了這張紙條。

把玩了一番後，我隨意翻開看了一眼。沒想到只是一瞥，我就移不開視線了。我全身顫抖，連忙讀了出來：

「鳥要掙脫出殼。蛋就是世界。人要誕生於世上，就得摧毀這個世界，神的名字是阿布拉克薩斯[20]。」

反覆讀了幾遍之後，我陷入了沉思。毫無疑問，這是德米安給我的回覆，因為沒人知道我那幅畫。他抓住了畫的內涵並提出了自己的解讀。但這些詞湊在一起是什麼意思？最令我困惑的是，阿布拉克薩斯是哪個神？我從沒聽說過，也不曾在任何書中讀過「神的名字是阿布拉克薩斯」這句話。

20心理學家榮格在《向死者的七篇布道文》中提到的神，結合了神性的要素與惡魔的要素，是同時兼有善與惡的神，此為心理學式的靈知主義思想。

那堂課直到結束，我一個字都沒聽進去，整個早上心不在焉。替我們上課的是助教佛倫，他剛從大學畢業，年輕而謙遜，因此我們都很喜歡他。

當時，佛倫指導我們讀希羅多德，這是少數令我感興趣的課程。但今天，即使是他的課我也提不起勁。我機械地翻著書，完全聽不進他講了什麼，整節課都陷入內心世界。此外，已有許多經驗證明，德米安在堅信禮課上對我說過的那句「只要意志堅定，就一定能成功」。如果我在課上陷入深思，便不擔心老師會提問我；**如果出神或表現得無精打采，老師就一定會突然出現在我身旁**，這樣的情況我已經歷過太多次。但如果我全神貫注地想一個問題，就不會被外界干擾。我嘗試過盯著一個人看，發現確實有效果。德米安在身旁時我從未成功，但現在，**我覺得銳利的目光和思想的確能發揮不可思議的作用**。

我在課堂上徹底出神。突然間，佛倫助教的聲音像閃電一樣擊中了我，我回過神來，擔心助教發現我的不專心。他就站在我身邊，我甚至以為他剛才喊了我的名字。發現他沒注意到我後，我長長地吐出了一口氣。然後，我聽到他繼續講課，講到了「阿布拉克薩斯」。

佛倫助教似乎已經講了不少，我錯過了開頭部分。他繼續說道：「我們不能從理性主義的角度，將那些神祕教派和社團的理念視為幼稚。**在古代，並沒有科學一說**，哲學和神祕學卻十分發達，並在一定的程度上衍生出了巫術，巫術通常被用於行騙和犯罪，但在早期仍屬於高貴的哲學範疇。以我剛才提及的阿布拉克薩斯為例，它似乎衍生自古希臘咒語，當時古希臘人將其視為巫術之神，而如今也有原始部落堅信這一點。但阿布拉克薩斯有更加深遠的意義，**它是結合了神性要素與魔性要素的神。**」

博學的佛倫助教熱情洋溢地講著這些，其他人卻都心不在焉。等他講完阿布拉克薩斯後，我再次陷入自己的思緒。

我腦海中一直迴響著「結合了神性要素與魔性要素」，這句話令我印象深刻。這似乎與德米安的觀點類似。我們最後一次見面，便提及我們信仰的上帝刻意將世界分為兩半，並勸人們生活在受規則限制的光明世界，但可以崇拜整個世界。這意味著，**我們信仰的或許是**

一個結合了神性與魔性要素的神；或者在信仰上帝的同時，也信仰魔鬼。阿布拉克薩斯便是一個兼有善與惡的神。

在那段時間裡，我急切地想弄明白這一點，但一無所獲。我甚至翻遍了圖書館，卻沒有發現任何一本書提到阿布拉克薩斯。其實我並非一定要找到答案，況且**知道的多了也意味著負擔**。

至於曾占據我內心的貝緹麗采，我對她的感情逐漸消退，正漸行漸遠，變得虛幻而蒼白。她再也無法滿足我心靈的追求。

我封鎖了內心，像個夢遊者一樣。**我的心靈似乎又開始了新一輪成長，渴望美好的生活，或者可以說渴望愛。**

我前段時間因貝緹麗采而昇華到精神層面的性意識，也渴望著新的對象，卻無法得到滿足；同時再也無法欺騙這種渴望，我希望像周圍的同學那樣追求女生。我又做夢了，實際上更多的是白日夢。在我心中，逐漸激起了各種意象和渴望，將我與外部世界隔離開來，而沉浸於內心世界，其中的意象、夢境和幻影比真實世界更加豐富。

我反覆做著同一個夢，或者可以稱為幻覺。對我來說，這是一個最重要、影響最深遠的夢：我回到了家中，大門上方的徽章上，金色的鳥在藍色的背景下閃閃發光。我的母親從屋內走來，但正當我打算擁抱她時，她突然變了個模樣，變得又高又壯，就像德米安和我曾畫過的貝緹麗采一樣，但又有些不同，夢中的人是完全女性化的形象。她將我拉到身前，給了我一個深深的擁抱。我既感到狂喜又有些驚懼，擁抱彷彿是崇拜，又彷彿是瀆神。這個形象融合了我的母親和朋友的形象，**與之相擁顛覆了敬畏，卻讓我極度歡愉**。從夢中醒來，我有時會無比狂喜，有時卻極度恐慌，就像是犯了什麼可怕的罪行一樣，良心遭受拷打。

不知不覺間，透過對那個神的追尋，夢中的形象與外界的暗示聯繫了起來。隨著這種聯繫越來越密切，**我開始覺得，我在夢中見到的是阿布拉克薩斯**。善與惡、男與女、聖潔與邪惡彼此交織，純潔中包含著深深的罪孽，這便是我夢中的形象，也是阿布拉克薩斯。**愛退化成了肉慾**，它在產生的那一刻令我十分驚恐，而不再是我對貝緹麗采的那種天真、超越世俗的愛慕。

這個形象兼具善與惡，但似乎又有所超脫，是天使與撒旦、男人與女人、人與野獸、至善與至惡的結合體。我似乎註定過著這種生活，去經歷它便是我的命運。我對這樣的生活既渴望又恐懼。它永遠存在，始終凌駕於我。下一年春天，我就要從高中畢業，然後繼續讀大學。但我還沒確定去哪間學校，學哪門專業。我的嘴角稀稀落落地長出鬍子，長成了男人，但我仍然十分茫然，人生也沒有目標。**而我只確定一件事，那就是遵從內心的聲音，追尋夢中的意象。**

我覺得應該順應自己的內心，卻很難實現這一點。每天，我都在與那個聲音鬥爭。我常常想，自己或許是瘋了，

或許我與其他人並不一樣，但別人能做的事我也辦得到。只要稍微努力一點，我就能讀懂柏拉圖，也能解決三角函數問題或完成化學分析。只有一件事我做不到，那就是放棄內心的祕密目標，像其他同學一樣確定一個明確的方向，例如未來成為教授、律師、醫生或藝術家，不論得付出多少努力、遇到多少困難，始終堅定目標。我做不到，或許我會成為類似的人，但誰能保證呢？或許，我會一路摸索，

多年後一事無成；或許，我會實現那個目標，卻陷入邪惡、危險與恐懼之中，誰知道呢？

我所渴求的無非是將心中脫穎欲出的本性付諸生活，我不懂為什麼這麼難？

我曾多次試圖畫出夢中那個讓我愛戀的形象，卻從未成功。如果真的畫出來，我一定會寄給德米安，雖然我不知道他現在身在何處，但我知道，彼此之間冥冥之中仍存在聯繫。

我們何時還能再見面呢？

往事隨風，我對貝緹麗采的愛慕早已消退。那段時日，我感覺自己找到了一個心靈的歸宿，一個風平浪靜的港灣。但一如既往，**每當我習慣現狀時，每當夢境給我希望時，一切都會轟然倒塌**。我會怨天尤人，但也只是徒勞。現在的我處於急切的渴望中，這種渴望時常讓我抓狂。在夢中，我常能夠清晰地看到我的所愛，我會向她傾訴、在她面前哭泣，甚至也會咒罵她。我喊她媽媽，跪在她身前淚流不止；我喊她我的摯愛，期望她能夠給我一個吻；我還喊她魔鬼、妓女、吸血鬼、殺人犯。她誘導我做著情愛之夢，誘導我行無恥之事。**在她的眼中，沒有好壞，也沒有善良與邪惡之分。**

那年冬季，我的內心從未有過一刻安寧，紛亂的思緒難以言表。我早已習慣了孤獨，並因此感到抑鬱。德米安、徽章上的那隻鶉以及我夢中的形象，都是我的命運，是我之所愛。所有這些都引導著我接近阿布拉克薩斯。我卻無法掌控這些夢境和思想，甚至無法遵從自己的意願，反而為它們所控制。

然而，我卻一直在對抗外部世界。我不害怕任何人，同學們都知道，他們私下裡都很尊重我，這令我很滿意。

願意的話，我能夠看穿他們的內心，偶爾會嚇到他們。只不過我很少嘗試，實際上我幾乎從未做過。我一般都只沉浸在內心世界中。**我急切希望真正地活一次，融入這個世界，不論融洽與否，不論是否會引發衝突。**有幾次，我在深夜裡沿著街道奔跑，內心的焦躁不安讓我一直跑到深夜。我會幻想遇到我所愛的人，她或許就會出現在下個街角，或者從某個窗戶後頭喊我的名字。而其他大部分時間，我都痛苦不堪，甚至想要自殺。

那時，我偶然發現了一個奇怪的避難所，但其實並不存在什麼意外。**如果你近乎絕望地想要什麼，並最終得到了，那麼這便不能稱為偶然，而是內心的渴望帶來的必然。**

有那麼兩三次，我漫步到郊外，聽到教堂中傳出了風琴的聲音，但我沒有停下腳步細細聆聽。而下次經過時，我又聽到了音樂聲，那是巴哈的曲子。我走近後發現，大門是鎖著的。街道上什麼人都沒有，我於是坐在一塊路緣石上，敞開大衣衣領，然後側耳傾聽。那並非大風琴，音色卻十分美妙。琴音中傳達出某種奇怪的意味，透著不屈不撓的個性，像是在祈禱。我覺得演奏者一定發現了音樂中隱藏的寶藏，而他正試圖打開寶庫大門，取得這份寶藏。我並未專業且系統地學過音樂，**但自從童年之後，我就有一種直覺，我能夠聽懂音樂想要表達什麼。**

演奏者又彈奏了幾段近代的曲目，應該是馬克斯・雷格[21]的作品。教堂裡近乎一片漆黑，僅有幾縷陽光從我身後的窗戶照進室內。

---

21 Maximilian Reger，德國後浪漫主義古典音樂作曲家，其創作注重技巧的追求，素材多數源自於經典的德國巴洛克音樂，極盡奢華，加入大量裝飾性音符，節奏強烈、短促而律動，旋律精緻。

我一直那麼坐著，直到音樂停止，然後起身來來回回踱著步子。終於，我看到演奏者離開了教堂。他看起來很年輕，但仍比我年長，雙肩寬闊，稍微有些矮胖。他很快便走遠了，步伐中透著不情願。

從那天開始，我便時常在傍晚時分，到教堂外面坐著，或來回踱步。有一次，我發現門是開著的，便走進去在長椅上坐了一會兒，可能有半個小時，儘管凍得瑟瑟發抖，但聽著音樂，我仍然十分高興。他在舞臺上彈奏，我能夠從音樂中判斷出他的個性，他所彈的每一小節似乎都存在某種聯繫。**他的彈奏飽含信仰，同時透著屈服與奉獻。**他的虔誠並非像信徒和神父那樣，而更像中世紀的朝聖者和托缽僧；他全身心屈服於一種通感，凌駕於一切懺悔。他還會演奏巴哈之前的作品，甚至包括古義大利曲子。所有這些音樂都在訴說著一件事，透露著他的渴望，他渴望向世界贖罪，渴望脫離世界，渴望聆聽自己陰暗的靈魂，渴望屈服並擁抱神祕。

有一次，看到他離開後，我悄悄地跟在身後，發現他走進了一家小酒館，我也不由自主地跟了進去，那次，我終於看清了他的面目。

他戴著一頂黑色氈帽，坐在角落裡，面前放著一杯酒。他的面貌和我預想的一樣，醜陋、不修邊幅，且透著固執、反覆無常和堅定的神色，嘴角卻還留有一絲稚氣。他的男子氣概全部集中在雙眼和額頭，其餘部位則顯得柔和而天真，甚至有些溫柔。這些部位透露著的優柔寡斷和稚氣，與他雙眼和額頭處表現出的堅毅形成了鮮明的對比，而我喜歡他那深棕色的雙眼，散發著自尊，但也充滿敵意。

我逕自坐到他對面，不發一言。酒館中只有我們兩人，他抬頭看了我一眼，似乎想要示意我閃一邊去。但我坐著不動，直直地盯著他，最後他咕噥了一句：「你盯著我看什麼？你想要什麼？」

「喔，我什麼都不想要。」我回答道：「你已經給我很多了。」

他皺了皺眉。

「這麼說來，你喜歡音樂？但我覺得你這樣的人很噁心。」

我並沒有退縮。

「我經常聽你演奏，就在教堂那裡。」我說：「我並不想麻煩你，只是覺得你的音樂中有一些特別的東西，我不確定那是什麼。但你不必理會我，讓我在旁邊聽你演奏就行了。」

「我平常都會鎖上門。」

「有一次，或許你忘了，我就自己走進去聽了。通常我都坐在教堂外頭，或路緣石上。」

「是嗎？下次你可以進去聽，比外面暖和些。但記得敲門，一定要在我中途休息期間大聲敲。那麼，現在談談你自己吧。你看起來很年輕，大概還是個學生。你也會彈奏嗎？」

「不會，我只是喜歡聽音樂，你彈的那種，無拘無束的音樂，能讓人觸碰到天堂和地獄。**我喜歡那種音樂，因為它無關道德。其他任何事物都受道德約束，所以我想要尋找一些道德之外的**。道德總是令我難以忍受，但我沒辦法說得很明白。你知不知道世上有一個亦正亦邪的神？曾經有一個這樣的神，我聽說過。」

他朝後推了推氈帽，順了順蓋住額頭的頭髮，然後凝視著我，並往前傾了傾身子。

他有些期待地問：「那個神叫什麼名字？」

「我也不是很了解，只知道他的名字叫阿布拉克薩斯。」

他小心翼翼地環顧四周，彷彿擔心有人偷聽。然後湊到我耳邊低聲說：「我也聽過。但你是誰？」

「我就是一個高中生呀。」

「那你怎麼會聽過阿布拉克薩斯？」

「我偶然聽到的。」

他突然拍了下桌子，酒杯中的酒灑了一些出來。「偶然聽到？胡說八道，小子！才不會有人『偶然』聽到阿布拉克薩斯，聽好了，我來告訴你一些東西。」

他默默地向後移了移椅子，而我以期待的眼神看著他，但他只對我做了個鬼臉。

「這次先不說，等下次吧。來，拿著。」

他從外套口袋裡掏出幾個烤栗子扔給我。

我接過來吃了起來，感到很滿足。

「那麼。」吃了一會兒，他笑著問道：「你是從哪聽到的？」

我絲毫沒有猶豫，將我的故事全告訴他。

「有一段時間，我孤獨又絕望。然後我想起一個朋友，他懂得比較多。於是我畫了一幅畫，關於一隻鳥破殼而出，然後寄給了他。不久之後，我收到了一張紙條，寫著：鳥要掙脫出殼。蛋就是世界。人要誕生於世上，就得摧毀這個世界，神的名字是阿布拉克薩斯。」

他沉默了一會。我們只是吃著栗子，喝著酒。

「要再來一杯嗎？」他問我。

「不了，謝謝。我不喜歡喝酒。」

他笑了笑，透著些許失望。

「隨你吧。我要再來一杯。我還會再坐一會兒，你要是想走就先走吧。」

下一次，我在他彈完琴後，跟著他一起離開，他的話不多。他將我領到了一條小巷中，走進一棟老房子，來到一間陰暗凌亂的房間。房間很大，除了一架鋼琴，沒有任何東西能證明他是一名演奏家，反而那大大的書架和書桌為房間平添了一抹學術氣息。

「你的書還真多！」我驚嘆道。

「一部分是我父親的，這是我父親的房屋。對了，年輕人，我和父母住在一起，但恐怕沒辦法向你介紹。他們其實也不待見我，認為我是一匹害群之馬。我父親是一個令人尊敬的神父和傳教士。而我，曾經是令他驕傲的兒子，卻誤入歧途，甚至可以說變成了瘋子。我曾是研讀神學專業的學生，但在參加畢業考試前，我退學了。其實，也並沒有完全放棄，我私底下還是會做些研究，因為**我想知道人們虛構的神到底是什麼樣子**。另外，我現在還經常演奏音樂，看樣子，我會去某個地方當一個風琴手。最終，我想我還是會回到教堂工作。」

就著桌上的燈發出的微弱光線，我打量著那一排排的書，涵蓋拉丁語、希臘語和希伯來語。我轉頭看他時，他已坐在地板上，不知在弄些什麼。

「你過來。」他喊道：「現在我們來進行一場哲學思考。其實就是閉上嘴，趴在地上冥想。」

他擦亮一根火柴，並用一張紙引燃了壁爐，火焰竄得很高，他就趴在壁爐前，撥弄著，並小心翼翼地添柴。

我在他身旁破舊的地毯上趴了下來。我們就這樣趴了一個多小時，盯著壁爐，看火焰浮沉，最終暗淡下去，化成灰燼。

「對火的崇拜絕對不是人類歷史上最愚蠢的事。」中間他咕噥了這麼一句，除此之外，我們兩人什麼都沒說。我呆呆地盯著火焰，又陷入了夢境之中，在煙霧與灰燼中看到了各種意象，我不由得心中一驚。他朝餘燼中扔了一小塊松脂，燃起了一小縷火焰，這又讓我想起了我畫作中金黃色的鷂頭。

松脂漸漸燒盡，**紅的、金的火苗越來越小，似乎構成了一個個字母、一張張記憶中的面龐、動物、樹木、昆蟲及蛇**。我從意象中清醒過來後，發現他雙手撐住下巴，出神地盯著灰燼。

「我該回去了。」我小聲說道。

「喔，你走吧，再見。」

他沒有站起身來送我。桌上的燈也已經滅了。我摸索著走出漆黑的房間，最終走出了這棟老房子。臨走前，我回頭看了一眼，發現每扇窗戶都黑壓壓的，只有大門上的銅牌在路燈下微微閃爍。銅牌上寫了字，我讀道：「神父．皮斯托琉斯。」

直到吃完晚飯，回到我的房間，我才意識到他沒向我介紹阿布拉克薩斯，我也沒弄清楚皮斯托琉斯是何許人也，實際上我們的對話總共不超過十句。但這次拜訪卻令我心滿意足，因為他承諾下次要彈奏布克斯特胡德[22]的帕薩卡里亞舞曲[23]。

儘管沒有意識到，**但當我們趴在壁爐前冥思時，他已經替我上了一課**。盯著火光令我精神振奮，讓我確定了一些早已有頭緒，卻未發展起來的興趣。我漸漸地能夠理解了。

儘管我小時候也喜歡觀察大自然中的奇異現象，時常為它們的神祕與魔力著迷，例如盤根錯節的樹根、五顏六色的岩脈、水面上的油花以及陽光下玻璃杯的裂紋，所有這些一度令我著迷。還有水、火、煙、雲、塵土，但最令我著迷的是那些神奇的色塊，即使閉上眼仍能轉上很久。

那次拜訪之後，我記起了所有，它們替我帶來了力量與歡樂，也

22 Buxtehude，丹麥管風琴演奏家、作曲家。
23 慢速莊嚴的古代義大利和西班牙舞曲。

增強了我的自我意識。這些都得益於那次經歷，盯著火光讓我舒暢且獲益匪淺。

在通往人生目標的路上，這樣的經歷也對我產生了極大的幫助。**觀察並沉醉於奇異的自然現象，讓我產生了內心的和諧**。我們很快就會被自己的情緒所掌控，然後發現自己與自然之間的界線逐漸顫抖、消散。人們會時常陷入一種心境中，無法確定我們所看到的意象來自外界還是來自內心。

除了凝視火焰之外，一般人都無法輕易察覺自身的創造性以及靈魂本質。我們和自然不可分割，如果外部世界毀滅，任何一個人都能進行重建，因為那些高山、溪流、樹木、花草等自然形態早已烙印在我們的心靈深處，成為永恆。**雖然人們不了解永恆的本質，但我們可以透過愛與創造來感知永恆**。

直到多年後，我讀李奧納多．達文西時才確定了這一點，他在書中描述道「觀察一堵無數人唾棄的牆是一件相當有趣的事」。我想，當他站在那堵沾滿唾液的牆前時，他的感受一定如同我和皮斯托琉斯趴在壁爐前所產生的感受一樣。

下次見面時，皮斯托琉斯告訴我：「我們把人格界定得太狹隘了。通常，人們只把個人特質或偏離標準的特質視為個性。但是我們由一切元素構成，而我們構成世界。人類的進化史可以追溯到魚或更久遠之前，因此**我們的靈魂中包含所有生命的痕跡**。神與魔，不論在希臘、中國還是祖魯神話中，都隱藏在人們的內心深處，並表現為潛力、希望和選擇。**如果人類滅亡，全世界只剩下一個沒接受過教育的普通孩子，那麼他也會自己發現整個進化過程，並再次創造一切**，包括神與魔、天堂、誡命、《舊約》以及《新約》。」

「這麼說的話。」我問道：「個人的價值又在哪裡？要是我們內心深處包含著一切，那為什麼還要努力奮鬥？」

「停！」皮斯托琉斯喊道：「**存在是存在，但我們能不能意識到又是另外一回事**。一個瘋子能像柏拉圖那樣說出有哲理的話，或者一個虔誠的神學院學生的想法可能與諾斯底教派[24]或查拉圖斯特拉教[25]的學說類似。但他們意識不到，而在產生意識之前，他只是一棵樹或一

24諾斯底教派為西元一～三世紀，流行於地中海東部沿岸的神祕主義教派，他們認為物質和肉體都是罪惡的。

25Zoroaster，伊斯蘭教出現前，九世紀時盛行於中東與西亞的宗教，也是古波斯帝國的國教。

塊石頭，頂多是一隻動物。一旦產生自我意識，那麼他便可以稱之為人。你不能只以直立行走或胎生來判斷對象物是否為人！很顯然，有很多仍然如魚、如蟲、如羊，甚至很多仍然像螞蟻、蜜蜂一樣！儘管他們都有機會成為人，**但只有意識到，甚至學著讓自己意識到這種可能性，只有這樣，才能讓可能變成實際。**」

我們那次大致上就談了這些，他沒有向我傳達什麼陌生或令我震撼的訊息。但即使是最普通的內容，都不斷叩擊我的內心，協助我找到自我，逐漸打破蛋殼。**每一次我都可以將頭再抬高一點，而變得更加自由。**那隻鳥完全掙脫了束縛它的殼。

我也向皮斯托琉斯講述了我的夢境，他懂得如何解夢。記得有一次，我夢見自己會飛，其實更像是被彈射向了空中而無法控制。飛行的感覺令我興奮，但隨著越升越高，我變得越來越無力，興奮很快變成了恐懼。在那一刻，我發現，我可以透過呼吸來控制飛行。

皮斯托琉斯替我解夢道：「讓你飛起來的動力是掌控力，我們人人都有，它是一種掌控力量的感覺，但人很快就會恐懼這種感覺。因為它非常危險！於是，**大多數人放棄了翅膀，而寧願在地面行走**。但你不同，你渴望飛行！你發現自己逐漸可以控制飛行，除了令你上升的基礎力量外，你甚至還可以再加一點力，借助呼吸來控制。這簡直太不可思議了！如果沒有這股力量，你會被越拋越高，而無能為力，**其實瘋子一般就是這樣變瘋的。他們承受更多的力道，卻無法控制，只能不由自主地越偏越遠**。但是，辛克萊，你不一樣，你能控制。你可能自己不了解，你有一種機制，你可以透過呼吸來控制。這樣你應該可以發現，你內心深處並沒有多少『個性』。這種機制並非你自創，**它早就存在了！你只是在借用**，它已經存在了數千年。例如魚鰾，魚會用魚鰾來掌控平衡。實際上，現在仍然有一些古老的品種，牠們將魚鰾當作肺來用，可以發揮呼吸功能。也就是說，就像你在夢中用到的器官一樣。」

皮斯托琉斯甚至翻出了一本生物書，向我解釋那些原始魚類的名稱，並給我看插圖。這些令我發抖，我感覺某種早期的衝動仍然隱藏在我的內心深處，現在全活了過來。

第6章 雅各與天使摔跤

普通人的道路十分輕鬆，我們的卻異常艱難。所有我們看到的，都是心中所想；其實，心外無物。這也是為什麼大多數人都過得不真實。他們只是將心外的意象視為真實，而壓抑自己的內心世界。如果你討厭某人，你所討厭的東西其實你本身也有，因為我們不會討厭與自己毫不相關的東西。

關於我從那位古怪的風琴手皮斯托琉斯那兒獲知的阿布拉克薩斯的資訊，實在是一言難盡。最重要的一點是，這讓我朝著自我又邁出了一大步。那時，我只有十八歲，有些叛逆，又有些早熟，實際上又極度不成熟，而茫然無措。

與同齡的人相比，我顯得比較自負，但通常也十分容易沮喪。

我常常認為自己是個天才，同時也是個瘋子。我與同齡者格格不入，這讓我十分擔憂，我對此無能為力，認為自己被生活隔離了。

儘管皮斯托琉斯自己十分古怪，但他要我保持勇氣和自尊。**他常常能從我說的話、做過的夢、幻想以及想法中發現有價值的東西，從不輕視它們。**他總是認真思考，因此我將他視為我的榜樣。

「你曾經說過。」他說：「你喜歡音樂，因為音樂無關道德。我也這樣認為，但你不一定非要成為道德主義者不可，也不必與他人比較。如果你天生是隻蝙蝠，那麼你就不必表現得像鴕鳥。你有時候覺得自己很古怪，並為了與他人格格不入而擔憂，你要拋棄這個想法。你只需凝視火焰、雲朵，聆聽內心的聲音，遵從那個聲音，不要去想它是否迎合老師、父親或某個神的思想。**瞻前顧後只會毀了你，會讓你泯然眾人**。辛克萊，我們的神是阿布拉克薩斯，他亦正亦邪；給我們光明，也會帶來黑暗。阿布拉克薩斯不會反駁你的任何想法，也不會打破任何夢境。你一定要記住這一點。但當有一天你變得平庸，那麼我們的神便會離開你，而選擇他人。」

那個關於愛的黑暗之夢總是時不時出現。我一遍又一遍地夢到自己走到家門前，想要擁抱母親，**卻發現她變成了一個中性的形象，雖然令我恐懼，卻極度吸引著我**。我從未向皮斯托琉斯坦白這個夢，而將之掩藏在心底，成為我自己的祕密。

每次心情不佳時，我都會請皮斯托琉斯彈奏帕薩卡里亞舞曲，而我會坐在昏暗的教堂裡，沉醉於音樂中，彷彿在傾聽自己的內心。這首曲子每次都能治癒我，並讓我越來越關注內心的聲音。

有時他演奏完曲目後，我們會坐在教堂中，看著夕陽餘暉透過拱形窗戶照進來，直到完全消失。

「聽起來可能有些奇怪。」皮斯托琉斯說：「我曾是神學系的學生，差一點就成了神職人員。但那是一個錯誤，我當時的目標是成為神父。早在知道阿布拉克薩斯之前，我便皈依於耶和華的門下。喔，其實每種宗教都很美妙。宗教關乎靈魂，不論是基督教還是伊斯蘭教，都能使人的靈魂得到昇華。」

「但這樣說來。」我打斷他：「你本來應該會成為一名神父的。」

「不，辛克萊。那是欺騙自己。**宗教的行事方式其實是非宗教的，完全徒勞無益**。最壞的情況就是，我寧願成為天主教的神父，而非新教神父。我認識幾個真正的信徒，他們熱衷於咬文嚼字，那麼我會跟他們說，基督對我來說並不是人，而是個英雄、虛構的形象，是人性在牆上的永恆投影。但其他人呢？他們來教堂只為了聽幾句勸誡、為了履行一種義務，為了讓自己心安，我能跟他們說什麼？轉化他們？你是不是這個意思？但我完全沒興趣做這些。**神父的任務並非勸人皈依，而是在信眾之間，作為載體傳遞信仰。**」

他停頓了一會兒，然後接著說：「阿布拉克薩斯最適合我們，但祂現在還不成熟，還沒有插上翅膀。**孤獨的宗教不成宗教**，我們需要發展教徒，確定儀式和節日……。」

他陷入沉思，迷失了自我。

「我們能不能自己或只針對一小群人舉行神祕的儀式？」我遲疑地問道。

「可以。」他點頭道：「我一直都是自己舉行儀式。如果被人發現，那麼我很可能會被抓進監獄待上幾年。當然，我知道那不對。」

突然間，他拍了我一下，我嚇了一大跳。「嘿。」他熱情地說：「你也舉行過神祕儀式吧。我知道，你一定有些夢境沒告訴我。我也不是非得知道不可，只是想告訴你，**好好過著它們指引你的生活，沉入其中，建造相應的祭壇吧。**儘管這並非完美的解決方式，但至少方向是正確的。至於靠著你我或其他幾個人能否改變世界，誰說得準呢？但**我們自己必須日日都有些改變，不然目標一定不會實現。**一定要記住這一點！你已經十八歲了，辛克萊，但你從未招妓。你必定做過關於愛的夢，你心中必然也有欲望。或許因為你心有所懼，不必恐懼，這些夢是你最寶貴的財富。相信我。我在你這個年紀，就違背了這樣的夢，因而失去了很多東西。你千萬不能放棄這些夢。當你了解阿布拉克薩斯，你就不會再恐懼了，也不再抑制心靈的渴望。」

這番話令我震驚，我反駁道：「但你也不能隨心所欲呀！你也不能因為討厭某個人就拿刀把他殺了吧？」

他挪動身體，朝我身邊靠了靠。

「在某些情況下，確實可以。當然在大多數情況下都是犯罪。我並不是說你想做什麼就做什麼。不是那樣，我的意思是，那些有重大意義的想法，你不要隨意驅除或抑制它們。我們不必將自己或他人釘在十字架上，而邊喝酒邊考慮獻祭的神祕。即使不這樣，你也可以尊重自己的衝動和誘惑。在這之後，它們會顯露出內在的含義，衝動和誘惑當然都有特定的含義。要是你下次產生一些瘋狂或罪惡的想法，或者你想殺死某人或對他施暴，你要想一想，辛克萊，那是阿布拉克薩斯在影響你！你想要殺死的人當然並非本人，只是個化身。**如果你討厭某人，你所討厭的東西其實你本身也有，因為我們不會討厭與自己毫不相關的東西。**」

他的這番話深深觸動了我，我竟無言以對，但最令我驚訝的是，他所說的居然與德米安的想法不謀而合。德米安，我們已經斷了聯繫好多年了。他們兩人彼此並未見過面，思想卻那麼一致。

皮斯托琉斯繼續道：「**所有我們看到的，都是心中所想；其實，心外無物**。這也是為什麼大多數人都過得不真實。他們只是將心外的意象視為真實，而壓抑自己的內心世界。這樣想，其實也挺幸福。但一旦深入內心，你便會不再走常人的老路。辛克萊，普通人的道路十分輕鬆，我們的卻異常艱難。」

之後幾天，我去了教堂兩次，但都沒等到皮斯托琉斯。有一天夜裡，我碰到了他，他喝得爛醉，踉踉蹌蹌地像是被寒風吹著走。我沒有喊他，而他就這麼從我身邊走過，沒有發現我。他迷醉的雙眼直直地看向前方，就像是受到了某種未知的召喚。我跟在他身後，直到街道盡頭。他就像被一根看不見的繩索牽著往前走，狂熱地邁步向前，就像一個幽靈。我覺得有些傷心，便轉身回家，繼續做著那些尚未找到出路的夢。

我突然發現，原來他是用這樣的方式，來重整自己的內心世界！同時，我又覺得這是一種低級的道德標準。**對於他的夢，我又了解多少？與我自己的夢相比，或許他醉醺醺的步伐實際上更加堅定。**

我早已注意到，在課間休息期間，有一個同學一直在注意我，而我之前從未關注過他。他個子不高，看起來很瘦弱，長著一頭稀稀落落的紅棕色頭髮，但他的眼神和行為卻透著一絲與眾不同。一天放學回家，我發現他早已在一條小巷中等我。我走過之後，他緊跟了上來。我停下腳步後，他也停下了。

「你跟著我做什麼？」我問他。

「我想和你談一談。」他有些羞怯地道：「一起走一走就好。」

我讓他在前頭領路，他看起來十分興奮，雙手都在顫抖，似乎又滿懷期待。

「你是巫師嗎？」他突然問道。

「不是，克瑙爾。」我笑道：「怎麼可能。你為什麼會覺得我是巫師呢？」

「那麼你一定懂得通靈囉？」

「也不會。」

「你別急著否認！我能感覺到你很特別，光是看你的雙眼，我就能確定你可以與幽靈溝通。我不是因為好奇才問的，辛克萊。**我自己也在尋找自我，我太孤獨了。**」

「說說看。」我鼓勵他繼續說：「關於幽靈我了解的也不多。我只是活在夢裡，就像你感覺的那樣；**其他人也都活在夢裡，但並非自己的夢**。差別就在這裡而已。」

「是的，或許這就是事實。」他小聲說道：「什麼樣的夢都無關緊要。對了，你聽過白魔法嗎？」

我搖頭說沒有。

「就是那種可以自我控制，讓人長生不老且能夠蠱惑別人的魔法。難道你從沒練過？」

我反問他白魔法要怎麼「練」？他變得吞吞吐吐，直到我作勢要走，他才向我坦白。

「例如，當我想要睡覺或集中精力做某件事時，我就會想著某個東西，一個詞、一個名字或一個幾何形狀。然後我會竭力將它拉入內心。我竭盡全力幻想，直到感覺它進入我的腦海。再然後，我想像著它轉移到喉嚨，繼續轉移，直到將我填滿。**最後，我會覺得自己變成了石頭，任何事情都無法讓我分心。」**

我對他所說的有了一個模糊的概念，但我覺得他應該還有其他麻煩，因為他表現得過於激動不安。我盡量緩和氣氛，很快地，他告訴了我他真正的擔憂。

「你也在克制，是不是？」他有些難以開口。

「你指的是什麼，性衝動嗎？」

「是的。從我開始練習魔法，已經克制兩年了。在那之前，我很墮落，你知道我說的是什麼。你沒和女人睡過對吧？」

「沒有。」我告訴他：「我還沒遇到適合的人。」

「但如果你遇到了，你會跟她睡覺嗎？」

「自然會，只要她不拒絕。」我略帶自嘲地說道。

「不行，那樣不對！**你只有完全禁慾，才會內心強大**。我已經節慾兩年了，準確來說，是兩年零一個多月了！實在太難了！有時我覺得再也堅持不下去了。」

「聽著，克瑙爾，禁慾並非那麼重要。」

「我懂。」他反駁道：「其他人也這麼說，但我沒想到連你也這樣說。如果人想要昇華，必須保證精神純潔。」

「好吧，純潔！但我不明白，**禁慾真的就能讓一個人比其他人純潔嗎？**或者說，你能將性慾完全從夢境和思想中排除嗎？」

他看著我，陷入了絕望。

「不是的！喔，天哪，但我必須這樣。我晚上會做一些難以啟齒的夢，我再也受不了了！」

我想起了皮斯托琉斯對我說過的話。雖然我覺得那番話很有道理，但我不能告訴克瑙爾。那不是我自己的經歷，我也不能提出什麼建議，更何況我也沒按照他說的去做。我沉默不語，感到有些慚愧，因為別人有需要時，我卻給不了什麼建議。

「我什麼方法都試過！」克瑙爾苦惱道：「能想到的我都試過。沖冷水、鑽入雪堆、運動、跑步，但都不管用。我每晚都會做令人難為情的夢，而最可怕的是，我之前取得的精神昇華在逐漸消退。我再也無法保持專注，甚至無法入睡。我經常整夜闔不了眼，絕不能再這樣下去了。要是我沒能克制住，最終屈服了，再度喪失純潔，那麼我會變得比之前更加邪惡。你認為呢？」

我發現自己竟無言以對，只得點點頭。我開始覺得無聊，同時讓我震驚的是，我對他這麼明顯的需求和絕望竟毫無共鳴。我當時只有一個想法，那就是我幫不上忙。

「你也沒有辦法？」他悲傷地問道：「一點辦法也沒有？一定有辦法吧？你是怎麼做到的？」

「我真的沒有辦法，克瑙爾。我無法幫助別人，別人也幫助不了我。你需要自己尋找出路，**你必須順應自己的內心，除此之外沒有其他方法。**」

他沮喪地看著我，突然陷入了沉默。他的眼神中透著怨恨，接著大聲尖叫：「你裝什麼聖人！你自己那麼墮落，別以為我不知道。你表面裝得好像多純潔，私底下還不是和我們一樣骯髒！你就是一頭豬，豬，豬！所有人都是豬！」

我轉身就走，不再理他。他跟上了兩三步，然後轉身跑開了。我對他是既憐憫又厭惡，直到我回到房間裡，

我看著自己的那幾幅畫作，陷入夢境中，才揮去了這種感覺。

我又夢到了家門口的徽章，夢到了母親和另一個奇怪的女人，這次我清楚地看到了她的面孔。夜裡醒來後，我試圖將她畫出來。

每次醒來，在似夢非夢的狀態下，我會拿出畫筆開始作畫，幾天後，畫作終於完成了。我將它掛在牆上，端著檯燈盯著它看，**彷彿面對的是我應該驅逐的幽靈**。畫中的臉與我上一幅畫作類似，但這幅有些地方甚至像我自己。其中一隻眼睛明顯比另一隻更高，目光中透著固執、堅定以及命運的氣息。

我站在那兒，內心中生出一股冷意。我審視著這幅畫，咒罵它、愛撫它、懇求它。我喊它母親，叫它妓女、蕩婦，又喊它親愛的、阿

布拉克薩斯。我又想起了一些東西，是皮斯托琉斯還是德米安說的？我不記得了，但它們又在我耳邊迴響。像是雅各與天使摔跤[26]時所說的：「你若不祝福我，我就抓住你不放。」

在燈光下，畫中人物的臉孔不斷變化，或明或暗，或眼皮下垂、雙眼無神，或雙眼圓睜、目光閃爍。最開始是一張女人的臉，之後又不斷變化成男人、女孩、小孩、動物的臉；接著所有色彩褪去，變成一小團，然後膨脹，再次變得清晰起來。最後，我心中產生了一種強烈的衝動，於是我閉上雙眼，觀察內心的圖像，它變得更加強大、更有氣勢，讓我不自覺地想跪下，**但它又是我自身的一部分，無法分割，彷彿已經變成了自我。**

緊接著，我聽到了一聲咆哮，彷彿春天暴風雨前的雷鳴。心中產生了一絲恐懼，不禁令我顫抖。我看到星星在閃爍，腦海中再次浮現了一些似乎早已忘卻的記憶，甚至追溯至進化的早期階段。這些記憶不僅再現了我的過去與現在，還映射出未來，將我引入新的生活方式，這一切極為明亮且充滿魅力，但我後來卻完全記不起來。

---

26 雅各與天使摔跤是《聖經．創世紀》中的一個故事，描述雅各在返回迦南時於雅博渡口與天使摔跤的事情。原文記述為「只剩下雅各一人。有一人來和他摔跤，直到黎明。那人見自己勝不過他，就將他的大腿窩摸了一把，雅各的大腿窩正在摔跤的時候就扭了」、「你的名不要再叫雅各，要叫以色列；因為你與神與人較力，都得了勝」、「我面對面見了神，我的性命仍得保全」。《何西阿書》也提及此事：「他在腹中抓住哥哥的腳跟，壯年的時候與神較力。與天使較力並且得勝」。因此「有一人」中的人指的可能不僅是天使，也可能是耶和華，故這段情節又稱「雅各與神摔跤」。

半夜醒來後，我發現自己橫躺在床上，衣服也沒脫。我起身把燈點亮，覺得一定發生了什麼重要的事，我卻什麼都記不得了。漸漸地，我似乎有了一些模糊的記憶。**當我抬頭看牆時，發現上頭的畫不見了，我再轉頭看，桌子上也沒有**。我模糊地記起，我把畫燒掉了。或者像夢中那樣，我把它放在手掌上燒掉了，然後吞下了灰燼？

我突然感到強烈的不安，於是我戴上帽子，似乎有某種力量迫使我走出門去。穿過一條條街道和小廣場，我站在漆黑的教堂前聽著、搜尋著，迫切地想看到什麼，但心裡沒有任何概念。我走過了遍布妓院的街道，有一扇窗子仍然亮著燈。我繼續向前走，那是一片新建的房屋，地上堆滿了磚塊，上面覆蓋著灰白的雪。我像夢遊一樣來到了這兒，我想起來了，我的家鄉也有這麼一片新建房屋，克羅默曾帶我到那裡勒索我，要我交錢給他。在這個灰暗的夜晚，前方有一棟類似的房屋，黑漆漆的大門召喚著我。我想逃離，卻跌跌撞撞穿過門前的沙子和垃圾。召喚的力量越來越強大，它強迫我走進去。

我踩著遍地的木板和磚塊走進屋裡，未乾的水泥透著潮氣與冰冷。房間的中央堆著一堆沙子，呈淺灰色，其他地方黑漆漆一片。突然一個驚駭的聲音喊道：「喔，天哪，辛克萊，你怎麼來了？」

一個身影從旁邊站了起來，個子十分瘦小，就像個幽靈。我先是嚇了一大跳，仔細辨認後才發現，那是克瑙爾。

「你怎麼會來這裡？」他激動地問道：「你怎麼找到我的？」

我不明白他在說什麼。

「我沒有在找你。」我嘴脣僵硬，吃力地回答。

他盯著我。

「你不是在找我？」

「不是。一股神祕的力量驅使我來到這裡。是你在召喚我嗎？一定是你在召喚我。大半夜的，你在這裡做什麼？」

他伸出纖細的胳膊抱住我，渾身顫抖。

「是呀，已經是半夜了。很快就到早上了。你能原諒我嗎？」

「原諒你什麼？」

「我先前說的那些話。」

我這才想起我們上一次的談話。那僅僅是四五天前的事吧？但對我來說似乎已過了一輩子。我突然意識到了什麼。不只是我們之間發生過的事，還包括我為什麼會來到這裡，克瑙爾想做什麼。

「你是不是要自殺？克瑙爾？」

他顫抖著說：「是，我打算自殺。但我不知道有沒有這個勇氣。我想等到早上看看再說。」

我把他拖出屋外。第一縷陽光已經穿透黎明，透著冰冷和倦怠。我拉著他的胳膊，然後聽見自己對他說：「現在回家去，這件事誰都不要說！你只是走偏了。我們不是豬，而是人。**我們創造了神，並與之搏鬥，然後讓祂們祝福我們。**」

我們往前走去，誰也沒說話。我回到房間時，天已經全亮了。

那段日子裡，我最大的收穫便是聽皮斯托琉斯演奏風琴，或者趴在火堆前冥想。我們一同研究涉及阿布拉克薩斯的希臘文章，他讀《吠陀經》[27]的段落給我聽，還教我念真言。

這些神祕的事物並沒有令我內心滿足，而令我歡欣鼓舞的是，我

27《吠陀經》（*Veda*）為印度最古老的宗教文獻和文學作品的總稱。

正逐步發現自我，在夢境和思想方面越來越有信心，同時對內心的力量有了更深的了解。

我和皮斯托琉斯默契十足，只要我心裡想他，那麼他就一定會來找我，或者寄給我一段留言。就像德米安一樣，我可以問他任何問題，即使他不在跟前。**我只需要想像他的形象，想像著向他問問題，然後，我便會得到回饋，獲得問題的答案。**

我想像的那個人並非皮斯托琉斯或德米安，而是我夢到並畫出的那個中性的形象。現在，它已經不在局限於我的夢境，也不再僅僅是畫中的形象，而在我的心底紮根，成為自我的一部分。

自從見到克瑙爾試圖自殺那晚，我們之間產生了一種奇怪的關係，有時候甚至十分滑稽。他每天都跟在我屁股後面，像個忠實的跟班或小狗，試圖融入我的生活，盲目地聽從我。他每次都問一些驚人的問題，也會提出一些稀奇的請求，例如想見見幽靈、學習神祕哲學。而我每次都明確告訴他我不會，但他始終不相信，認為我一定擁有神奇的魔力。奇怪的是，**他每次感到困惑或來問一些愚蠢的問題**

時，我也正好面臨一些困惑。他那些稀奇古怪的想法和請求總能給我啟發和解決問題的動力。儘管我大部分時候都不耐煩，並蠻橫地將他趕走。但我感覺有某種力量將他送到我的身邊，我給予他的，他會加倍奉還給我。他指引我前行，或至少也是個路標。他借給我很多神祕學方面的書籍，而這些書帶給我的幫助遠超過我當時的想像。

後來，克瑙爾在我毫無察覺的情況下從我的生命中消失了。我們不知不覺變得疏遠，從未產生過密切的關係，而皮斯托琉斯不同，我們之間那奇異的經歷一直持續到我從寄宿學校畢業。

即使最老實的人，也不可能在一生中什麼都不違背。

每個人總有一天都會偏離父親和老師限定的道路，且總會感受到孤獨，但大多數人都承受不住，很快便浪子回頭。我並沒有一下子就偏離了父母以及他們的光明世界，而是一步步、以幾乎察覺不到的速度越走越遠。對此，我感到非常傷心，每次回家對我來說都是一種煎熬，卻還可以承受得住。

然而，**對於我們基於自由意志愛慕與尊敬的人，以及內心認同的**

朋友，如果有一天發現關係突然破裂，任何人都會為此痛苦不堪。那背離的想法會像毒刺一樣紮入心中，每一次反抗都在啪啪打臉。自認為善良的人會被打上不忠不義的印記，並在恐慌中陷入童年美好的回憶，而無法相信自己的背離。

我漸漸不認同皮斯托琉斯作為我的人生導師。我們之間的友誼，他帶給我的指導和慰藉以及關懷，在青春期最關鍵的日子裡，給了我很大的幫助。我透過他與上帝溝通，更因為他，我清楚地解讀了我的夢境。**他給了我勇氣認識自我，現在我卻漸漸開始反抗。他的話中包含了太多說教，我覺得他並不完全了解我。**

我們從未爭吵，也沒有要決裂。我僅僅說過一些毫無惡意的話，但也差不多是在那個時候，我們的關係漸漸開始破裂。

這種模糊的預感一度縈繞在我的腦海，而我在一個週日真真切切地感受到了這種預感。那天，我們照常趴在火堆前，他說了一些神祕的宗教儀式和形式，以及它們在未來的可能性給我聽。我覺得這些都太奇怪，並不那麼重要，也沒有什麼意義，就像是在翻什麼老學究的研究紙堆。**在那一刻，我對他所說的產生了厭惡的情緒。**

「皮斯托琉斯。」我突然以一種連自己都驚訝的語氣說道：「跟我談談你的夢境吧，你晚上做過的夢。你看看你現在跟我說的這些到底是什麼？老掉牙了。」

他從未聽過我以這種語氣說話，一說完，我便意識到不妙，這句話肯定會刺傷他，他一定覺得我在嘲笑他。他時常這樣自嘲，此刻，我卻把這樣的嘲弄以加倍的語氣扔向了他。

他突然不說話了。我恐慌地瞅了他一眼，他的臉色變得慘白。

沉默了一會兒之後，他向壁爐中添了幾根木柴，然後平靜地說：「你說的對，辛克萊，你很聰明。我以後不說那些東西了。」他的語氣非常平淡，但我明顯聽出了他的傷心。我到底說了些什麼。

我想道歉，懇求他的原諒，讓他確信我仍然敬愛並深深地感激他。一些感人的話語都到嘴邊了，我卻說不出口。

我只是呆呆地趴在那兒，盯著爐火，默默無言，直到火焰漸漸熄滅，在這個過程中，我感到那些美好的事物逐漸破滅、消散。

「我想你可能誤解我了。」我最後迫使自己如此窘迫地說。這些愚蠢、毫無意義的句子機械地從我嘴裡蹦出。

「我理解。」他柔聲道：「你是對的。」我沒接話。他繼續慢慢說道：「每個人都有反駁的權利。」

不，不是的！我內心有一個聲音在大喊：「我錯了！」

但我什麼都沒說。我明白，那幾句話不偏不倚地戳到了他的軟肋。**我觸及了他自我懷疑的那部分**。他的願望是進行古物研究，他是一名浪漫主義者，想要探尋過去的輝煌。我突然意識到，**他向我講述的正好是他自身無法實現的**。是他指引我走上這條路，最終，我卻將把他拋在身後。

真不知道我為什麼說出那樣的話！我並沒有惡意，也沒料到後果這麼嚴重。說出那句話時，我甚至沒意識到這會帶來惡意。一切都木已成舟。**我無意表現出來的惡意，他卻當真了**。

我寧願他生氣、反駁甚至斥責我！但他沒有。我陷入了深深的自責。我想若是他當時還笑得出來的話，他一定會笑，但他沒有，可見我傷他有多深。

他平靜地接受了我的魯莽與忘恩負義。沉默了一會兒，他說我說的對，進而陷入了自我懷疑。這讓我十分悔恨，更加意識到了自己的輕率。我原以為他會不甘示弱地反駁我，沒想到他竟那麼平靜地接受了，毫不反抗。

火堆漸漸熄滅了，但我們沒有起身。火中幻化的每個意象，以及每個火苗都讓我想起之前美好的氛圍，這也令我更加愧疚。最後，我再也忍受不住了，於是站起身離開。我在門口、漆黑的樓梯上等了一會兒，然後又在大門外徘徊了很長一段時間，期望他能跟上來。我只得轉身離開，那天我心不在焉地穿過了大半個鎮子，到達了郊外，並穿過了公園和樹林，回去時已經到了傍晚。**那天，我第一次感覺我的額頭上也有一個該隱的印記。**

後來我才把整件事思考清楚。一開始，我一直在自責，一直想要袒護他，但事情卻向相反的方向發展。無數次，我感到後悔，想要收回那句魯莽的話，但為時已晚。**直到如今，我才完全理解皮斯托琉**

斯，**並成功還原了他的夢**。他夢想成為一名神父，宣揚新的宗教，引入新的禮拜方式，並確立新的象徵。但他的能力卻有所不足，他太流連於過去，對過去的東西瞭若指掌，他知道很多古埃及、古印度、密特拉神[28]和阿布拉克薩斯的故事。他迷戀於過去，內心深處卻意識到**新事物應該完全是新的，應產生於新鮮的土壤，而不該衍生自博物館和圖書館**。他的作用可能僅僅是引導他人尋找自我，就像引導我一樣，但**他無法提供前所未有的啟發，也沒有能力創造新的神**。

想到這裡，我突然領悟到：每個人都有自己的角色，卻無法自主選擇，無法做到隨心所欲。創造一個新的神是一條錯誤的道路，而試圖為世界增添一些新的元素更是錯上加錯。**覺醒的人只有一項義務：找到自我、固守自我，沿著自己的路向前走，不論它通向哪裡**。這個領悟令我震驚莫名，這也是我那段時期所總結的成果。我常幻想未來，想像著自己可能會成為一名詩人、先知或畫家。但這些都徒勞無益。我人生的意義並不是寫詩、講道或繪畫，其他人的也不應如此，所有這些應僅被視為愛好。**每個人都只有一個使命，那就是尋找**

28 Mitras，雅利安人曾信仰的神，自西元前一世紀在羅馬帝國傳播。

自我，無論最終成為詩人還是瘋子，先知還是罪犯，都無關緊要。一個人的主要任務就是找到屬於自己的命運，並全心全意地沿著命運之路前行。其他一切都是逃避的藉口，是泯然眾人的退縮、隨波逐流，也是心底的恐懼。我心中不斷出現新意象，它們可能曾在我面前出現過，但直到現在我才第一次經歷。**這是一次本性的實驗，也一場結果未知的博弈**，它可能會找到新的出路，也可能什麼都也找不到。我唯一的使命就是任其自由發展，感受它的意志，並完全掌握。除此之外，別無其他！

我早已感受過孤獨，現在我將要忍受更刻骨銘心的孤獨，一切都無法避免。

我並沒有試圖與皮斯托琉斯和解，當然，我們表面上仍然是朋友，但親密的關係不再。這個問題我們只提過一次，實際上只是皮斯托琉斯一直在說：

「你知道，我一直想要成為一名神父，成為我與你所說的阿布拉克薩斯教的神父。但我能力不足，我早已意識到這一點，卻始終不願意承認。所以我以後會做些其他工作，例如風琴手什麼的。但我絕對不會放棄那些美好、神聖的事物，風琴音樂、神祕儀式、意象和神話。我需要、也不想放棄它們。這就是我的軟肋。辛克萊，**有時候，我也明白自己不該有這些奢望，因為它們會成為我的軟肋。**或許，我應該將自己交給命運，但我不能那樣做，也做不到。你或許終有一天能夠做到。這很難，可能是世界上最難的事情了。**我經常幻想自己做到了這一點，實際上卻沒有。**我無法忍受自己如此赤裸裸、如此孤獨。我只是一個卑微的生物，需要溫暖和食物，偶爾需要同伴的安慰。一個人一旦走上探尋命運之路，那麼他必將獨自前行，忍受孤獨以及世界的冷漠，就像在客西馬尼園的耶穌。有些殉道者甘願被釘在十字架上，但這並不意味著他們是英雄，也不意味著他們獲得了解脫，即使他們也渴望擁有自己喜愛且熟悉的事物，也有榜樣和理想。**追尋自身命運的人既沒有榜樣、理想，也沒有任何慰藉！但這才是真正的人生之路。像你我這樣的人都是孤獨的，但至少我們還有彼此。**我們私底下滿足於自己的與眾不同、叛逆和非比尋常的欲望。但若想一直堅持走這條路，你就必須拋棄這些，不能成為革命者、榜樣或殉道者。這幾乎是無法想像的——。」

是的，**這無法想像，但可以幻想、期望或感知**。有好幾次，我在絕對沉靜的狀態下似乎感應到了，之後我便凝視自我，正視命運。命運的雙眼透著睿智與瘋狂，既充滿愛意又存在深深的惡意。我無法選擇、無法期待，而只能堅持自我、堅持自己的命運。在這方面，皮斯托琉斯是我的人生導師。

在那些日子裡，我毫無目的地遊蕩著。我變得暴躁，前路似乎危機重重。抬眼望去，只有那無邊的黑暗，我的人生之路便沒入了這黑暗中。關於人生導師，我心中有一個影像，很像德米安，**在他的雙眼中，我能看到自己的命運**。

於是，我在紙上寫下：「我的領路人離開了，我再次陷入無邊黑暗。我無法獨自前行。請幫幫我。」

我想將這張紙條寄給德米安，但最終放棄了，因為那讓我感到很傻、很愚蠢。我把這句話背了下來，並常常提醒自己。我一天到晚都在默念，漸漸地，我明白了，原來這就是祈禱的意義。

後來，我從高中畢業了。在父親的安排下，我在大學開學前進行了一次旅行。我不知道自己想學哪門專業，我被准許先攻讀一個學期的哲學，至於後續要學其他什麼，我都無所謂。

第7章 艾娃夫人

我已經忘了世界可以如此美好。我早已習慣活在內心世界中，甚至認為自己已經喪失對外界的感知，那鮮亮的色彩已隨著童年的結束而消逝。從某種意義上來說，這種失去是一個人想獲得自由、實現靈魂成熟所必須付出的代價。此刻卻令我狂喜萬分，因為我發現那些美好僅僅是被遮掩，在心靈獲得解放後，我依然可以走入這繽紛的世界，如孩童般享有一切美好。

在假期裡，我來到了多年前德米安和他的母親租住的那棟房屋。一位老婦人在花園裡漫步，我走上前去攀談，原來她就是屋主。我問她能不能和我談談德米安母子。她居然清楚地記得他們，可惜她不知道他們現在搬去了哪裡。或許是感覺到我的好奇，她領我進屋，翻開相冊給我看，那兒有一張德米安母親的照片。記憶中，我對她幾乎毫無印象，**但看到這張照片，我的心臟幾乎停止跳動**，那正是我夢中的形象！就是她，身材高大、具有陽剛氣質，長得很像德米安，同時散發著母性的光輝、嚴厲以及激情。她美麗迷人、無可匹敵，她是母親、是魔鬼、更是命運與情人。我夢中的形象就是她！

夢境中的人居然真實存在，這令我驚喜異常。居然可以長得這麼像！而她居然還是德米安的母親！她在哪兒？

不久，我便踏上了旅途。那真是一場奇異之旅！我馬不停蹄地從一個地方轉至另一個地方，心裡有一股衝動——找到她。有幾天，我甚至覺得每個人都像她，我跟著她們穿越陌生的街道，走過車站，坐上火車，彷彿處於錯綜複雜的夢境中。隨後，我意識到這樣做只是徒勞。於是我便坐在公園或旅館花園中，有時還會到候車室裡，審視內心的意象，但它變得羞澀，難以捕捉。那些日子裡，我經常徹夜難眠，只有在火車上才能偶爾小憩一下。在蘇黎世，有一個漂亮的女人想接近我，我卻目不斜視，當她不存在。我才不會花時間注意其他女人，一個小時都不行。

我感受到了命運的指引，我即將尋到她，卻什麼都做不了，這讓我焦躁異常。有一次，應該是在因斯布魯克火車站，火車才剛發動，我便瞥見了一個人影，很像她，為此我懊悔了好幾天。有一天晚上，我又夢到了她，然後在沮喪中醒來。意識到這一切都是徒勞後，我乘坐下一列火車踏上了歸途。

數週之後，我前往H市大學報到。我發現學校裡的一切都令人失望，大多數學生的生活就像哲學史課那樣死氣沉沉、一成不變。一切都規規矩矩、千篇一律，**稚嫩的臉龐上洋溢的笑容顯得又假又空虛**。但至少還算自由，我可以整日獨處，在市郊的一間老房子裡安靜、祥和地生活。那時，我的書桌上總是擺著幾本尼采，我可以感受到他心靈的孤獨，以及逼迫他的命運。我感同身受，**很高興還有一個人堅持探尋自己的命運。**

後來有一天傍晚，我在城中閒逛。在秋風的吹拂下，我聽到學生們在酒吧的嬉鬧聲。煙霧從窗戶中飄出，同時飄出的還有他們的歌聲，嘹亮悅耳，卻毫無生氣。

我站在街角，聽著那陣歌聲。夜晚他們會前往酒吧，進行這種毫無意義的社交，**他們在逃避命運，成群結隊地抱團取暖。**

有兩個人緩緩經過，我聽到了他們的談話。

「這簡直就是南非村子裡的酒館。」其中一人說道：「甚至還流行紋身，哎，這就是年輕的歐洲。」

另一個人的口音很奇怪，而又十分熟悉。我跟在他們身後走進了一條漆黑的巷子。其中一個是日本人，個頭矮小但穿著整潔。藉著路燈的燈光，我甚至能看到他黃種人臉孔上的笑容。

另一人繼續說道：「我想，你在日本也差不多是這樣。哪裡都有一些獨立的人，這兒也有。」

聽到這句話，我又驚又喜。我認出來了——那是德米安！我跟著他們穿過秋風掃過的街道，偷聽著他們的談話，貪婪地回味著德米安的聲音。他的語氣一如既往，堅定而平靜，令我折服。一切都很完美，我終於找到他了。

他們在街道盡頭的一間房屋前停下了，那個日本人打開房門走了進去。德米安也轉身離開，我停下腳步，站在街道中央，就這樣等著他。那個身影身披棕色橡膠雨衣，直直朝我走來，步伐輕快，我突然變得有些不安。他越走越近，步伐也一絲未亂，最後停在了我面前。他摘下帽子，我又見到了他那堅定的嘴角和鮮亮的額頭。

「德米安！」我主動出聲道。

他伸出手想與我握手。

「你來了，辛克萊！我一直都在等著你。」

「你知道我在這裡？」

「其實不確定，但我希望你來。直到剛才，我才看見你。你在我們身後跟了一段路。」

「你一眼就認出我了？」

「當然，你的樣子雖然改變了，但那個印記卻沒變。」

「印記？什麼印記？」

「該隱的印記，還記得嗎？那是我們的印記。你一直都有，**是它讓我們成為了好朋友。只不過現在越來越清楚了。**」

「我之前沒意識到，或者實際上早已意識到。我曾畫了一幅畫，德米安，既像你，又像我自己，這都是因為那個印記，是嗎？」

「是的。很高興在這裡見到你。我母親也會很高興的。」

我突然有些慌張。

「你母親？她也在這裡？但她不認識我呀。」

「她知道你，即使我不主動介紹，她還是能認出你。我已經很久沒和你聯繫了。」

「我常常想寫信給你，但我辦不到，最後還是沒下筆。我曾預感終究會找到你，我一直在等著這一天呢。」

他拉著我的胳膊，我們肩並肩地走著。他全身散發的沉著氣息讓我十分鎮定。我們很快又像從前那樣談論了起來。我們回憶著之前的學校時光、堅信禮課程，同時也提起了那個假期，我們之間並不愉快的見面。然而，我們都沒提起關於克羅默的那件往事。

突然，我們開始談論一些神祕的東西。德米安提起了他與那個日本人沒討論完的話題，接著又聊到了大部分大學生的生活，越偏越遠。但德米安認為，它們之間存在著明顯的關聯。他又談到了時代特徵和歐洲精神。他說，我們在任何地方都能發現群居本能，卻沒有愛和自由。**從聯誼會到國家，所有組織都因恐懼和困難而產生，但內部卻早已腐朽，幾近崩潰。**

德米安說：「其實，真正的聯合優勢十分明顯，但遍地開花的組織卻不是一件好事。個體透過思考，可以改變世界。目前，團體精神只是群居本能的外在表現。群居是人們出於恐慌而做出的反應，資本家、工人以及學者都只與同類人結黨。他們為什麼恐慌？**背離內心的人才恐慌，因為從未坦然面對內心而恐慌。**群體中都是內心恐慌的人！他們發覺，他們的生存法則開始失效，他們所遵循的法則變得陳舊不堪，他們的宗教和道德標準都不再適合當下。一百多年來，歐洲一直在建造工廠！他們十分清楚，多少炸藥可以殺死一個人，卻忘了如何祈禱，甚至無法快樂地享受，哪怕只有一個小時。看看學校四周這些酒吧，還有富人出入的名利場！這太讓人絕望了。辛克萊，這樣早晚會出問題。**內心恐慌的人聚在一起，滿懷惡意，又彼此不信任。**他們堅守早已過時的理想，但誰要是確定了新理想，他們會殺死那個人。我感覺衝突在即，就要出現了，相信我，就在不久之後。但這種衝突並不能『改善』世界。工人革命或德國發起對俄戰爭都只意味著權力的變更。但這也並非全然無用，**它至少象徵著當前理想的破滅**，石器時代的神將被拉下神壇。當今的世界渴望毀滅，並將成為現實。」

「在衝突中我們會怎樣？」

「我們？或許我們會一同毀滅，我們也會被殺死。只是我們不會全部被毀滅，剩餘的人、仍然活著的人將來會團結在一起。歐洲多年來一直宣揚的人性意志，以及科技將會實現大發展。然後，我們會發現，人性意志與社會、國家、群眾、社團和教堂絲毫沒有關係。不，自然要素將銘刻在每個人體內，包括你我。銘刻在耶穌體內，也銘刻在尼采體內。這些才是主流趨勢，當然，它們每天也都在變化，並在如今社會結構解體後變得更加明顯。」

我們走到河畔花園時，已經很晚了。

「我們現在住在這裡。」德米安說：「改天來作客吧，我們一直都在等著你。」

我興高采烈地轉身往回走，夜變得冷了些。路上，三三兩兩的學生喧鬧著朝宿舍走去。他們每日歡聚，與我的孤獨形成了鮮明的對比，我有時會萬分鄙夷，而有時又悵然若失。但今天，我心中卻異常平靜，似乎產生了某種神祕力量，我不再受他們的影響，他們的世界變得遙遠而死寂。

這讓我想起了家鄉的公務員，一群老紳士，他們總是緬懷大學時那些醉醺醺的日子，將之當作天堂的紀念，像詩人一樣眷戀逝去的學生時代，或像浪漫主義者一樣流連於童年時光。這在任何地方都一樣。**人們都在緬懷過去的自由和幸運，而逃避當下的責任和未來。**他們在大學期間只會喝得爛醉，卻搖身一變，成為了人民公僕。

我們的世界早已腐朽不堪，相較於社會的黑暗腐朽，學生們的懵懂無知其實還不算什麼爛事。

回到房間準備躺下時，所有這些胡思亂想早已消散，我整個人都期待著去德米安家。只要我願意，明天就可以見到德米安的母親了。其他學生情願醉生夢死、胡鬧就隨他們去吧，**腐朽的世界必將毀滅**。我只在乎一件事，以一個新的面貌去迎接命運。

我一覺睡到天亮，隔天很晚才起床。突然，我又有些坐立不安，但絕不是恐慌。一個重大的日子即將到來，我感覺周圍的世界都變了，變得莊嚴而又有意義，就連外頭秋日的細雨也那麼美妙，那麼令人安寧，空氣中充滿著幸福的氣息，耳邊也彷彿響起了飄飄仙樂。我第一次覺得外部世界與我的內心世界實現了完美融合，變得生機勃勃。我不再煩惱，街道兩側的房子、櫥窗甚至行人的臉龐都不再如往日那般乏味，一切都顯得那麼自然，似乎都敬畏地準備迎接命運。

我又彷彿回到了童年那般，回到了重大節日的清晨，例如聖誕節和復活節。我已經忘了世界可以如此美好。我早已習慣活在內心世界中，甚至認為自己已經喪失對外界的感知，那鮮亮的色彩已隨著童年的結束而消逝。**從某種意義上來說，這種失去是一個人想要獲得自由、實現靈魂成熟所必須付出的代價。**此刻卻令我狂喜萬分，因為我發現那些美好僅僅是被遮掩，在心靈獲得解放後，我依然可以走入這繽紛的世界，如孩童般享有一切美好。

終於，我沿著原路回到了昨夜與德米安告別的那個花園。有一棟小房子掩藏在粗壯的樹後，明亮而宜居。屋前種著叢叢花朵，透過閃亮的窗戶，可以看到屋內牆上掛著油畫，以及一個擺滿書的書架。從前門進入後，會直接到達一條很短但很溫暖的走廊。一個身穿黑色衣服、圍著白色圍裙的老僕領我進門，並幫我把大衣掛在一邊。

然後，老僕默默離開了。我開始打量這間房屋，一時間彷彿置身在夢中。四周是深色的木板牆，一扇門的上方掛著一幅畫，我十分熟悉，那是我畫的那隻金色的鷂，它正努力掙脫外殼的束縛。**我站在畫前一動也不動，內心卻是滿滿的感動。我想起了之前的種種，此時**

變得既快樂又傷感。在一瞬間，我眼前閃過無數的畫面：老家大門上方的古老徽章、年輕的德米安在臨摹那個徽章、我屈服於克羅默的壓迫、獨自在宿舍畫著夢中之鳥、心靈陷入混亂，所有這一切都在此刻再現，但我積極迎合、回應著它們。

我眼含淚水盯著這幅畫，然後目光下移，發現門口站著一位身材高大的婦人，身穿深色衣服。正是她。

我一句話都說不出來。她與德米安很像，臉上不見歲月的痕跡，透著內心的強大，顯得十分高貴，她對我笑了笑。她的目光讓我十分滿足，她的招呼使我感覺就像回到了家中。我還是一句話都沒說，只是伸出手，然後她用那溫暖的手握住了我。

「你是辛克萊吧。我一眼就能認出來。歡迎歡迎！」

她的聲音低沉而溫暖，就像喝下一杯甜酒那樣令人爽快。我抬起頭看著她那平靜的面龐、深邃的目光、飽滿成熟的雙脣以及雅致的眉毛。**她也有一個印記**。

「非常高興見到您。」我邊說邊低頭吻了一下她的手：「我現在就像是離家的孩子回家了。」她像母親一樣笑了。

「人永遠無法歸家。」她說：「但在彼此的道路相交的那一刻，整個世界都是家。」

她與我預想的一樣。

她的聲音與說話方式都與德米安非常像，卻又大相徑庭。她更成熟、更自然、更溫暖。在他人眼中，**德米安從來都不像個孩子；而現在看來，她也全然不像是孩子的母親**，她的臉龐與頭髮看起來那麼青春、皮膚那麼光澤、雙脣那麼紅潤。她比我夢中的形象更加完美。

這便是命運的指示，見到她，我不再游離在世界之外，整個人彷彿新生，滿心歡喜！我沒有下定決心、沒有發誓，卻抵達了人生之旅的一個高峰；我感覺接下來的道路不再有任何艱難險阻，而是直接通向一片樂土。此刻，我只是狂喜，她真真切切地存在於這個世界，我可以聽到她的聲音，可以呼吸到她的氣息。不論她是否是我的母親、情人或女神，只要她確實存在！只要我能接近！

她抬起手，指著我畫的那幅畫。

「馬克斯收到這幅畫時很高興。」她親切地說：「我也很高興。我們一直都在等你，而在收到畫時，我們知道你已經出發了。在你還小的時候，辛克萊，有一天我兒子放學回家跟我說，學校裡有一個小男孩，他的額頭有個印記，他會成為我的朋友，他說的就是你。你雖然一直經歷挫折，但我們對你有信心。你們曾在假期時見過一面，當時你應該十六歲，馬克斯把你們之間的不愉快告訴了我。」

我打斷道：「他跟您說了？那是我最痛苦的時期！」

「是的，馬克斯對我說：『辛克萊陷入了最嚴峻的情況，他又試圖逃避，甚至開始酗酒。但他不會成功的；儘管他的印記被暫時遮掩，卻仍在暗地裡驅動著。』他說的對不對？」

「對，的確是這樣。後來我遇到了貝緹麗采，並再次找到了一個引導者，他叫皮斯托琉斯。**那時我才意識到，為什麼我小時候會與馬克斯成為朋友，也明白了我們之間為什麼始終存在羈絆**。夫人，當時我常想要自殺。對其他人來說，路也這麼難走嗎？」

她摸了摸我的頭，就像微風吹拂。

「萬物出生便十分艱難，鳥需要破殼才能出生。問問你自己吧，是不是都很艱難？只有艱難嗎？難道沒有美好嗎？能否找到一條更美妙、更容易的路？」

我搖搖頭。

「很難。」我像是夢囈：「一切都很艱難，直到我開始做夢。」

她點點頭，她的目光似乎能穿透我的內心。

「是的，有夢，路才會好走些。但並沒有恆久的夢，都是一個接一個，任何人都不能守著同一個夢不放。」

我突然有些恐慌。她是在警告我嗎？是拒絕嗎？但一切都無所謂，我已準備好接受她的指引，不論終點在哪裡。

我回應道：「我不知道自己的夢還能持續多久，我希望它能一直持續下去。在畫這幅畫時，命運成了我的摯愛，我早已屬於命運。」

「既然那場夢是你的命運，那就忠實於你的內心吧。」她嚴肅地對我說。

突然，我心裡泛起了哀傷，希望在此刻死去。我感到眼中盈滿了淚花，難以壓制。我迅速轉身跑到窗戶前，茫然地盯著遠方。

她的聲音從我身後傳來，還是那麼平靜、溫柔。

「辛克萊，你這孩子！你的命運是愛你的。終有一天，你會完全掌控命運，就像夢中那樣，你只需要堅定內心。」

我緩了緩情緒，轉過頭來。她向我伸出手。

「我有幾個朋友。」她笑道：「我們的關係十分親密，她們稱呼我艾娃夫人。你要是願意，也這樣叫我吧。」

她領著我走到門口，打開門，指著花園：「馬克斯就在花園裡，你去找他吧。」

我站在高高的樹下，震驚而又茫然，不知我是清醒，還是在夢境中。雨滴緩緩從樹枝上滴落。我走向花園，這個花園沿河一直延伸。最後，我找到了德米安，他赤裸著上身，正在涼亭中打沙包。

我停下腳步看向他。他的身材十分健美，胸膛寬闊、堅實、肌肉發達。只見他雙臂肌肉緊繃，從腿部施力，經肩膀傳遞至拳頭，所有的動作如同行雲流水。

「德米安！」我喊道：「你在做什麼？」

他爽朗地笑道。

「練拳，我約了那個日本小子打一場，他像貓一樣靈活，也很狡猾，但他贏不了我。我得好好教訓他。」說著，他穿上襯衫和外套。

「你見過我母親了？」他問道。

「是的，德米安，你的母親太棒了！艾娃夫人，這個稱呼太適合了，她就像萬物的母親。」

他盯著我的臉，若有所思。

「你已經知道她的名字了？你應該感到自豪，你是第一個一見面就能知道她名字的人。」

自那天開始，我便時常到德米安家中拜訪，就像艾娃夫人的另一個兒子，但也像個情人一般。每當我打開大門，看到花園中那高高的大樹，便感到無比幸福與充實。外部的世界比較現實，例如街道、房屋、行人、設施、講堂和圖書館，但這裡卻充滿著愛，如夢似幻。這並非與外部世界隔絕，我們的思想和討論通常與外部世界相關，只是生活在不同的地方。我們與其他人之間並沒有一個明確的界線，有的只是另一種視角。**我們的使命是在世界中填出一座島，使其成為一種不同生活方式的原型，或至少作為一種預期。**我已把自己孤立太久，因此明白，**只有品嘗過孤獨滋味的人才會格外珍惜友誼**。我不再期待節日的歡聚，看到他人成群結隊時不再嫉妒，同時也不再為鄉愁所困。漸漸地，我開始接觸到印記的祕密。

身上帶有印記的人可能會被其他人視為瘋子。是的，即使我們十分瘋狂又比較危險，**但我們相當清醒，並努力變得更加清醒，而其他人只會被理想、責任、生活和命運所束縛，而隨波逐流**。當然，這些也是努力，也有其價值，但我們這些有印記的人相信，我們代表的是創新，他們則故步自封。我們與他們一樣都尊重人性，不同的是，他們將人性視為必須維持並保護的事物。而對我們來說，**人性是遙遠的目標**，所有的人都應該朝著這個目標前行，但其沒有明確的形象，也沒有既定的道路。

除了我、德米安和艾娃夫人外，還有許多其他的探求者，但很少有人走上自己的路，為自己定下不同尋常的目標，堅持特定的想法或履行特定的義務。這些人中有祕術家和占星家、托爾斯泰的信徒、敏感而害羞的人、新教派信徒、印度苦行修習者，還有素食主義者。除了尊重彼此的理念外，我們之間在精神層面並沒有多少共通之處。有些專注於人類過去對神和理想的探尋，對於這些人，我覺得更加密切，因為他們會讓我想起皮斯托琉斯。他們常隨身帶著幾本書，向我們解讀著古老的語言，指引著人們看懂古代的標誌和儀式，並教導我們，**人類迄今為止全部的理想都源自於無意識的夢境，而人們在這些夢境中不斷探索著未來的可能性**。如此一來，我們便能了解史前的眾神崇拜，以及基督教的起源；同時，我們也獲知了聖人的信條和宗教在大眾中的傳播。基於這些知識，我們對當今的時代和歐洲形成了一種批判性理解。**人類絞盡腦汁研發新型武器，精神世界卻一片荒蕪。即使歐洲征服了世界，也找不回丟失的精神。**

我們的圈子當中也有一些人推崇救世說，包括試圖在歐洲發展佛教的佛教徒，宣揚對邪惡不抵抗的托爾斯泰信徒，以及其他教派的信徒。我們只傾聽他們的理念，而將他們的學說視為隱喻。我們這類人並不擔憂未來，所有信仰和學說都已經消亡。**我們的義務和命運，是讓每個人都找到自我，與自然保持和諧，了解未來的成長之路。**

儘管難以表達，但我們都明顯感覺到當今的世界即將崩塌，並再次獲得新生。德米安經常對我說：「即將發生的事將遠超我們的想像。**歐洲現在就像一頭困獸，一旦脫困，必定不會多麼友善**。無論如何，這都代表一直被壓抑的靈魂重獲自由。我們的日子就快到來，世人需要我們，並非需要我們作為領袖或立法者，而是引導他們響應命運的召喚。看吧，當理念受到威脅，所有人都將爆發出驚人的力量。但當出現一種新理念，或許也會出現一股危險的衝動，卻沒人採取行動。很少有人會有所準備，那麼就只能靠我們了。這便是我們的印記存在的意義。**該隱的意義便在於激起人們心中的恐懼與憎恨，將眾人從田園趕至荒野**。毫無例外，那些改變人類歷史進程的人都是做好準備回應命運的人。例如摩西、釋迦牟尼、拿破崙和俾斯麥[29]。

不論他們投身的事業如何，他們的目標是什麼，都不由自己選

29 Bismarck，德意志帝國首任宰相，奉行鐵血政策，有「鐵血宰相」之稱。

擇。如果俾斯麥了解社會民主主義，並信仰它，那麼他可能無法做出那樣的成就；同樣，拿破崙、凱薩、羅耀拉[30]等都是如此。我們必須從進化和歷史的角度考慮這些事情！當板塊運動將海洋生物趕到陸地，將陸地生物趕入海洋，只有那些順應命運的物種才會實現進化；牠們透過調整自己的生物本能，而從毀滅中倖存了下來。我們不知道這些物種是否也分為保守派和激進派，但我們知道牠們做好了準備，並帶領整個物種走上了進化之路。因此，我們必須做好準備。」

艾娃夫人經常參與這種討論，但她並不發表意見，她通常只是傾聽，她信任也了解我們，就像這些想法都源自於她，而最終又都回歸於她。光是坐在她身邊，偶爾聽著她的聲音、感受著她的氣息，便讓我無比幸福。

每當我有任何異動，有任何不開心或產生什麼新想法，她都立刻能感覺到。**我甚至覺得，我的夢境都因她而生。**我時常向她講述我的夢，而她總能解讀，沒有什麼事是她不理解的。有一段時間，我反覆夢到白天的談話。我夢到整個世界都陷入了混亂，而我自己，或與德

30聖依納爵・羅耀拉（San Ignacio de Loyola），西班牙人，耶穌會創始人，羅馬公教聖人之一。他在羅馬公教會內進行多項改革，以對抗由馬丁・路德等領導的宗教改革。

米安一起，緊張地等待著那劇變的時刻。命運仍掩藏在迷霧之中，卻已有艾娃夫人的身影：被她選中或摒棄，這便是我的命運。

有時，她會笑著對我說：「辛克萊，你的夢不完整，缺少了最精彩的部分。」之後，我會記起那些部分，卻不明白為什麼會遺忘。

有時，我對自己很不滿，並飽受欲望的折磨，我若是再靠近她一些，就再也忍不住要將她擁入懷中。她也感覺到了，在我產生這個念頭的瞬間就感覺到了。我克制住好幾天沒去找她，但最後忍不住又去了。她將我帶到一邊，對我說：「你不該深陷於不切實際的欲望，我知道你內心深處的欲望。但你應該放棄這些欲望，或者找到正確的處理方式。**一旦你學會這些，你的內心便會得到滿足**。但你現在既有欲望又悔恨，無時無刻不擔驚受怕，因此你必須學會解決。我講個故事給你聽吧。」

接著，她講了一個年輕人愛上一顆星球的故事。她說，那個年輕人站在海邊，張開雙臂向那顆星球祈禱，傳達自己的愛意。但他知道，自己不可能擁抱星球。他明白這是他的命運，愛上一顆天體。他無法放棄，只能整日沉默著、痛苦著，但這讓他變得成熟。他的夢中只有那顆星球。有一次，他深夜來到海邊，站在高高的懸崖上，盯著那顆星星，心中的愛噴湧而出。在極度渴望中，他縱身躍向那顆星星，但在躍下的那一瞬間，他腦海中閃過：「不可能的！」他最終掉到了海岸上，摔死了。他不懂如何去愛，但如果他在一躍而起的那一瞬間堅信自己的愛，那麼他便會成功飛向那顆星星，投入它的懷抱。

她繼續說道：「**愛不是透過乞求或索求得到的。愛意味著堅定內心，你若能這樣被愛吸引，後續就會吸引別人愛你**。辛克萊，你的愛吸引到我了。一旦我被吸引，我就會向你靠攏。我不會主動，我只能被征服。」

之後，她又講了一個故事。故事的主角是一個苦戀之人，他完全沉浸於內心，認為他所愛之人會對他著迷。他迷失了自我，看不到藍天、綠樹，聽不到溪流潺潺，也欣賞不到豎琴的美妙音符。他拋棄了一切，變得可憐而卑微。但他的愛卻越發熾烈，他寧願死也不願放棄對那個漂亮女人的愛。隨後，他發現那熾烈的愛燃燒了一切，那光芒必定會吸引他所愛的女人。而最後，當那個女人來到他身邊，當他張開雙臂準備擁抱她時，她卻完全變了樣子，變成了他曾遺失的一切。她站在那個男人身邊，投入他的懷抱。這時，天空、森林、小溪又都回到了他的身邊，重新煥發著光彩。他不只贏得了一個女人的歡心，天上的星星也為他閃爍，他的靈魂也因喜悅而閃耀著燦爛的光芒。他愛著，成功找到了自我。然而，大多數人卻因為愛而迷失了自我。

那段時間，我的心中盛滿了對艾娃夫人的愛，**但愛的方式卻每天都不相同。有時，我覺得吸引我的並非她本人，而是我內心中的一個意象，其唯一目的就是引領我探究內心深處。**她說的話很多時候都像是我潛意識中那些問題的答覆。還有時候，我坐在她身邊會產生強烈的欲望，甚至想要親吻她觸碰過的東西。肉慾與精神之愛、現實與意象漸漸開始重疊。後來，每當我在屋內熱切地想起她，我會覺得自己握著她的雙手、吻著她的唇。有時，在她家裡，我會直直地看著她的臉，痴痴地聽著她的聲音，不知道那是現實，還是一場夢。我漸漸懂得如何擁有永恆的愛。讀書讓我變得更加清晰，就像是艾娃夫人的吻。她撫摸著我的頭髮，親切地對我微笑，我感覺自己又朝著內心深處邁出了一步。所有重要且與命運相關的事情中，都存在她的身影。**她能夠走入我的思想，而思想也能幻化成她。**

聖誕節近了，我必須和父母一起度過，這一度讓我不安。兩週見不到艾娃夫人，我想我會變得異常焦慮。但事實並非如此，在心中思念她也是一番美妙的體驗。回到H市後，我又等了兩天才去找她，在這兩天裡，我盡情享受她不在身邊的獨立感。我還做了幾場夢，在夢中我與她實現了結合：我變成了河流，而她變成了海洋，河流奔湧入大海。我與她都變成了星星，我們彼此吸引、彼此環繞。

再次見到她時，我向她講述了這個夢。

「很美的夢。」她平靜地道：「那就讓美夢成真吧。」

早春的一天，我又到了德米安家，那天令我終生難忘。我走進門廊，發現一扇窗戶開著，風信子的花香隨風吹入房間。樓下沒有人，我便上樓去德米安的書房。我輕輕敲了敲門，然後像往常一樣沒等到回覆便推門進入。

所有的窗簾都拉上了，屋內很暗。隔壁房間的門開著，那是德米安的化學實驗室。只有那裡才射入一縷陽光。我以為沒人，於是拉開了窗簾。

德米安呆坐在窗前的凳子上，看起來很怪異。而這場景有點似曾相識。

我之前見過他這樣！他雙臂下垂，雙手搭在膝蓋上，頭略微前傾，雙眼圓睜但沒有焦距，毫無生氣。他的瞳孔反射著刺眼的陽光，彷彿一片玻璃。臉龐僵硬、毫無表情，就像是寺廟大門上古老的野獸面具。甚至也沒了呼吸。

我驚慌地退出了房間，跑下樓去。在門廊處，我遇到了艾娃夫人，她臉色蒼白，顯得很疲憊，我從未見過她這樣。這時，一片陰影飄過窗戶，霎時遮住了刺眼的陽光。

「我剛才去德米安的房間了。」我著急道：「發生什麼事了？我不知道他是睡著了，還是只是出神，之前我也看過他這種情況。」

「你沒喊醒他，對吧？」她連忙問。

「沒有。他甚至沒聽到我進去，我很快就出來了。您知道他到底怎麼了嗎？」

她抬手，用手背抹了下額頭。

「別擔心，辛克萊，他沒事，他只是暫時這樣，一會兒就好。」

她站起來，向花園中走去，天開始下雨了。我想她並不願意看我跟上去，所以我在門廊裡來回踱步，呼吸著風信子的香氣。我抬頭看著門口上方掛著的那幅畫，我畫的那隻鷂。那天早上，房間內的氣氛令人窒息。怎麼了？到底發生了什麼？

艾娃夫人很快又回來了，髮梢上掛著雨滴。她走到扶椅前坐下，看起來非常疲憊。我走上前去，彎下腰，吻去那髮梢的雨滴。她的雙眼明亮而平靜，雨滴卻有眼淚的味道。

「我要不要去看看他好了沒？」我小聲問道。

她虛弱地笑了笑。

「別孩子氣了，辛克萊！」她的聲音有點大，似乎想打破心中某種束縛：「你出去走一會兒吧，等等再回來。我現在沒力氣說話。」

我小跑著出了房子，朝著遠處高山跑去。細雨灑落在我的臉上，低低的雲層壓得我喘不過氣來。地面附近不見一絲風，但高處似乎有場暴風雨在肆虐。青灰色的烏雲裡，偶爾有蒼白的陽光透過。

天空中飄來一片黃色的雲，與那灰色雲團碰撞在一起。很快，起了一陣風，擾動著這兩個雲團，彷彿一隻大鳥掙脫了烏雲，拍打著翅膀飛向天空。隨後，大雨傾盆而下，其中還夾著冰雹。突然響起一聲短促、駭人的雷聲，一道閃電劈向了大雨肆虐的原野。接著，一縷陽光穿透雲層，照耀著山頂的積雪，在下方棕色森林的映襯下，顯得如夢似幻。幾個小時後，我回到了艾娃夫人家，全身濕透、頭髮凌亂，德米安替我開了門，然後領我上樓。實驗室中亮著一盞煤氣燈，地面上散落著紙張，很顯然他剛才在研究什麼。

「坐吧。」他對我說：「你看起來真憔悴，這該死的天氣。一看就知道你剛從外面進來，我讓僕人準備了熱茶。」

「今天發生了一些事。」我有些遲疑：「不光是這場暴風雨。」

他詫異地看著我。

「你看見什麼了？」

「是的，我看到烏雲構成了一幅畫，非常清晰。」

「什麼畫？」

「一隻鳥。」

「一隻鷂？你夢到的那隻？」

「是的，我夢到過。那是一隻黃色大鳥，牠飛向深藍色的雲。」

德米安嘆了一口氣。

這時傳來了敲門聲，僕人端了熱茶上來。

「喝吧，辛克萊。我還是不信你能湊巧看到那隻鳥。」

「湊巧？這才不是湊巧。」

「嗯，對，沒有那麼多湊巧。你知道它意味著什麼嗎？」

「不知道。我只是覺得它意味著破裂，意味著又朝命運走了一步。我覺得它與我們所有人都有關聯。」

他興奮地走來走去。

「朝命運走了一步！」他喊道：「我昨晚也做了一個夢，母親也有某種預感。我夢見自己自己在爬梯子，而梯子靠在樹幹或塔樓上。我爬到頂部後，我看到了遠處的平原、城鎮著起了大火。我沒辦法說明白，因為有些意象我自己也沒弄明白。」

「你覺得這個夢與你有關嗎？」

「當然，日有所思夜有所夢嘛。但你說的對，它不只是關於我自己。我將夢分為兩類，一類是揭示我內心活動的夢，一類是關乎人類命運的夢，第二種很少出現。我幾乎沒做過預示未來的夢，不知解讀得是否恰當。但可以確定的是，我做過這樣的一個夢，這個夢是我之前所做的夢的延續。辛克萊，從這個夢中我產生了一種預感。**我們都明白，世界早已腐朽不堪，但這並不代表世界即將崩塌**。這幾年來，我一直做著一些夢，我覺得舊世界的崩塌即將發生。一開始，只是微弱的暗示，但現在變得越來越強烈，越來越清晰。我有預感，世界即將產生劇變，我自己也會牽扯其中。辛克萊，我們之前談論過，而我們將見證這場劇變。**世界想要淨化自己**。現在，空氣中彌漫著死亡的氣息。沒有死亡便沒有新生，但實際情況可能比我想的還要可怕。」

我看著他，驚駭莫名。

「你剩下的夢呢？能再跟我說說嗎？」我問道。

他搖搖頭說：「不行。」

這時，門開了，艾娃夫人走了進來。

「我希望你們沒說些悲傷的話。」她又煥發了精神，所有疲勞一掃而空。德米安對著她笑了笑，她走了過來，就像一位母親過來安慰受驚的孩子。

「沒有，我們還好。我們只是在試圖解讀幾個新徵兆，但沒弄明白。該發生的終究會發生，到時候我們就會知道了。」

我感到十分沮喪，輕聲道別之後，我便獨自離開了。

花園中的風信子香氣似乎透出了一種死亡的預感，頭頂上方似乎也籠罩了一片陰霾。

第8章 結束與新生

我覺得自己總有一天會從美夢中醒來，再次變得孑然一身，孤零零地走在冰冷的世界中，伴隨我的只有孤獨與掙扎，我將不再平靜、放鬆，也不再合群。一切本該那麼美好，但該死的戰爭要爆發了。我們之前曾多次討論過戰爭，世界的洪流將不再從身邊繞過，而是直接穿透我們的內心。我不該覺得傷感。我要做的，是與其他人，實際上是與整個世界，一起回應命運。

夏天，我說服了父母，他們允許我在H市再待一個學期。我和德米安幾乎一直待在河畔的花園中，而很少進屋。那個日本人離開了，他在決鬥中輸給了德米安。托爾斯泰的信徒也離開了。德米安養了一匹馬，每天大部分時間都在馬背上度過。通常只剩下我和艾娃夫人。

有時候我很驚訝，我的生活居然會變得這麼平靜。我很久之前便已習慣了孤獨、自我否定以及在痛苦中掙扎。

在這幾個月，我卻像是生活在夢中，每日的生活舒適而安逸，周圍的一切都令我愉悅。我覺得，我們預想的新生活或許就是這樣。但這種幸福卻讓我產生了深深的憂慮，因為我知道這不會長久。我並不適應這種愜意的生活，心中總是想要尋覓苦楚。

我覺得自己總有一天會從美夢中醒來，再次變得孑然一身，孤零零地走在冰冷的世界中，伴隨我的只有孤獨與掙扎，我將不再平靜、放鬆，也不再合群。在這樣的時刻，我加倍迷戀著艾娃夫人。令我欣慰的是，我仍然可以享受這些美好與寧靜。夏天的那幾週過得飛快，學期快要結束，我很快就該離開了。我不願去想，而試圖抓住每個美好的日子，就像蝴蝶迷戀著花朵的甜蜜。這段時光十分幸福，我的人生第一次感受到滿足，第一次融入到了一個圈子。接下來會怎麼樣？我又會開始掙扎、忍受折磨、持續做夢，我又會變得孤身一人。

有一天，我產生了強烈的預感，**我對艾娃夫人的愛突然讓我的內心十分痛苦**。天哪！我很快就得離開了，再也見不著她了，再也聽不到她那堅定的腳步聲，再也沒有人悄悄在我桌上放一簇鮮花了！我得到了什麼？我一直在做夢，沉迷於夢中而心滿意足，卻沒有採取行動去爭取，沒有努力去擁抱她！我記起了她曾和我談論過真愛，她曾多次暗示、誘惑甚至承諾過，但我做過什麼了？

沒有，我什麼都沒做！

我走到房間中央，站著一動不動，凝聚心靈的力量，向艾娃夫人傳遞我的愛與呼喚，期望她會感應到並來到我面前。她一定會回來，也一定渴望我的擁抱，而我會貪婪地吻上她的紅唇。

我站在那兒，集中了所有的精神。隨後，我感覺手指與腳趾變得冰涼，氣力似乎散逸殆盡。但我內心深處似乎萌生了什麼，明亮而清涼，就像一顆水晶。我明白，那是自我。寒意開始直逼胸口。
掙脫這種緊張狀態後，我預感到接下來會發生些什麼事。我變得精疲力竭，卻堅持著，想要看到艾娃走進來，想感受她的愛與激情。
長街盡頭傳來了馬蹄聲，越來越近，然後突然停住了。我跑到窗戶邊，看到德米安回來了。於是，我跑下樓。
「怎麼了，德米安？」
他似乎沒聽到我說什麼。他的臉色異常蒼白，臉上的汗流個不停。他把馬拴在圍欄上後，拉著我的手臂朝外面走去。
他邊走邊說：「你聽到什麼消息了嗎？」
我說我什麼都沒聽到。
德米安抓著我的胳膊，直直地看著我。他的眼中透著一種陰鬱與同情的神色。
「是的，開始了。你知道我們與俄國……。」
「什麼？開戰了嗎？」
儘管周圍並沒有其他人，但他仍壓低了自己的聲音：「還沒有宣戰，但戰爭爆發是肯定的了。相信我，自從上次後，我又看到了三個預兆。那不是世界末日，不是革命，也不是地震，而是戰爭。你很快就會有感覺！所有人都十分興奮，他們的生活太無聊了，甚至期待現在就開戰！但你會發現，辛克萊，這只是開始。會發生一場大戰，範圍將超乎想像。但那也只是個開始。新的世界已經蠢蠢欲動，這對那些守舊派來說將是一場災難。你打算怎麼做？」

我目瞪口呆，他說的太不可思議了。

「我不知道，你呢？」

他聳聳肩，接著道：「只要一有動員令，我便會參戰，我可是一名少尉。」

「你？少尉？我怎麼不知道？」

「是的，這是我順應內心的一條路。你也知道，我並不喜歡太過招搖，但我還是決定這樣做。大概一週之後，我便會上前線。」

「啊？天哪！」

「別那麼傷感。當然，指揮士兵向活生生的人開火並不是什麼有趣的事，但戰爭就是這樣。我們每個人都將被捲入其中，你也會。」

「那你的母親呢，德米安？」

這時，我才想起一刻鐘前的事。世界一下子變了個樣！**我用盡全力幻想最美好的畫面，但命運卻帶著一張恐懼的面具來到了我面前。**

「我母親？不用擔心，她很安全，比其他任何人都安全。你很愛她是吧？」

「你怎麼知道的？」

他吐了一口氣，輕輕笑道：「我當然知道。喊她艾娃夫人的，一般都會對她產生愛意。你今天一定在心中召喚她或者我了？」

「對，我召喚她了。」

「她也感覺到了，於是她要我來找你。我剛剛也向她透露了我們與俄國的局勢。」

我們轉過身，又隨便聊了幾句。德米安翻身上馬，離開了。

直到回到房間，我才突然感到精疲力竭，德米安帶來的消息讓我十分緊張。但艾娃夫人感受到了我的召喚！

我的想法抵達了她的內心。要是她自己來找我就好了……一切本該那麼美好，但該死的戰爭要爆發了。我們之前曾多次討論過戰爭，德米安總能提前知道些什麼。**世界的洪流將不再從身邊繞過，而是直接穿透我們的內心**。世界想要改變，她需要我們。德米安說的對，我不該覺得傷感。**我要做的，是與其他人，實際上是與整個世界，一起回應命運**。好吧，就是這樣！

我已經做好了準備。傍晚，我從市中心走過，每條街道都顯得躁動不安，一切都匯成了一個詞：戰爭。

我來到德米安家，那天只有我一個客人。我們在涼棚中吃晚飯，但誰也沒提戰爭的事。直到我離開前，艾娃夫人才說：「辛克萊，你今天召喚我了，對吧？我想你也知道我沒親自找你的原因。但你要記得，你學會了如何召喚。如果你以後需要我，可以繼續這樣召喚。」

她站起來，先我一步朝花園走去。在晚霞中，我看著那個高大、優雅的身影緩緩消失在樹林之中。

我的故事到這裡就快結束了。時間過得飛快，戰爭爆發了。德米安穿上軍裝，奔赴了前線。我將艾娃夫人送回了家。不久之後，我自己也離開了。離開那天，她吻了我的脣，抱了我一會兒，然後直直地盯著我。

一夜之間，似乎所有人都團結在一起，都在談論「祖國」、「榮譽」什麼的，但背後呢，我看到了他們隱藏的命運。年輕人走出營房，一隊隊登上列車。在許多年輕的臉上，**我看到了各種印記，雖然與我們的印記有所不同，卻同樣美妙而莊嚴，代表著愛與死亡。**陌生的路人一個個上來擁抱我，我也積極地回應著，這是內心的衝動使然，而非對命運的順從。但這種衝動也十分神聖，我從他們的眼中看到了命運。

我抵達前線時，已經到了冬季。儘管剛開始戰火讓我很激動，但隨後一切都變得無聊。我一度猜想為什麼很少有人能夠為理想而活。**現在，我發現很多，甚至所有人，都堅持著同一個理想。這個理想不屬於個人，也不容你自由選擇，卻人人都接受。**

隨著時間的推移，我意識到我低估了這些人。命令和危險將所有人擰成了一股繩，我還看到許多人莊重地回應命運。不只在戰鬥中，他們每時每刻都透著僵直、瘋狂的目光，他們沒有目標，有的只是服從。不論心中所想的是什麼，他們都已做好準備，打出一片未來。**所有人都陷入戰爭和英雄主義，追逐著榮譽和陳舊的理想，而人性似乎越飄越遠。**這些都浮於表面，就像戰爭的政治目標一樣。

而在表面下方，有什麼東西正在成形，似乎是一種新的人性。我看到許多人，有些在我身旁死去，表現出敵意與憤怒，內心中充斥著殺戮與毀滅，他們喪失了目標。不，這些目標只是偶然。最原始、最瘋狂的想法最初都不針對敵人，而只是內心想法的投射，代表內心的分裂，充斥著憤怒以及對殺戮、毀滅和死亡的渴望，並期待著新生。

早春的一個傍晚，我在占領的農場負責警戒。春風斷斷續續地吹過，顯得懶洋洋的。天空中成片的雲彩飄過，擋住了月亮。我一整天都感到不安，擔心會發生些什麼。於是，我站在崗哨處，回憶著艾娃夫人和德米安。我斜靠在一棵白楊樹上，盯著天空飄過的雲。雲團翻騰、不斷變換著形象。我突然感到異常虛弱，皮膚對風吹雨打也感覺遲鈍了起來，**但我的意識告訴我，我的人生導師就要來見我。**

雲層中，我似乎看到了一座巨大的城市，裡面生活著數百萬人。人群中，有一個身影十分有氣勢，像山一樣高大，髮梢處星光點點，看起來很像艾娃夫人。她張開嘴吞下無數人，就像是將他們扔進了漆黑的洞穴。她站在地上，額頭上的印記閃閃發光。她似乎在做著惡夢：她雙眼緊閉，臉龐因痛苦而變得扭曲。突然，她大喊一聲，額頭迸射出無數星星，數以千計的星星在黑色的夜空中劃出一道道弧線。

其中一顆星星直直地衝向我，因摩擦而產生了刺耳的聲響。它彷佛就在找我。緊接著，它撞向地面，火花四射，氣浪將我掀到空中，然後又狠狠摔倒地面。世界轟地一聲崩碎了。

其他人在白楊樹旁發現了我，當時我身上蓋了一層土，傷痕累累。他們將我拖進了地窖，我只記得頭頂上槍聲呼嘯。後來，我被抬上馬車，穿過荒野向後方轉移。大多數時候，我都在昏睡或處於無意識狀態。但睡得越沉，我便越能感覺到，有某種力量在呼喚著我。

我躺在馬廄中，身下鋪了一層草料。裡頭伸手不見五指，有人踩到了我的手。我的內心渴望繼續前行，而這種呼喚的力量越來越強大。第二天，我再次被搬上了馬車，再後來換成了擔架。我強烈感受到，自己被呼喚著去一個地方，而我覺得自己必須去那兒。

最後，終於到了。當時是深夜，我完全清醒了過來，再次感受到了那種渴望。我發現自己躺在一個大廳中，感覺自己已經抵達了召喚我的地方。我偏了偏頭，發現身旁躺著另一個人，他撐起身子看著我。**他的額頭上有著一個印記，是馬克斯．德米安。**

我說不出話，他也說不出，或許是不願說，只是盯著我看。他身後的牆上掛著一盞燈，就著燈光，我發現他在笑。

德米安一直看著我的眼睛，彷彿看了一輩子。慢慢地，他向我湊過臉來，湊到我們能夠彼此觸摸的近處。

「辛克萊！」他小聲道。

我瞅了他一眼，表示我聽到了。

他又笑了一下，帶著一絲同情。

「小傢伙。」他微笑著說道。他的嘴脣幾乎貼到了我的臉上：

「你還記得弗朗茲．克羅默嗎？」他問我。

我朝他眨眨眼，笑了笑。

「小辛克萊，聽著，我明天就得走了。你以後要是再遇到克羅默那樣的人，或遇到什麼麻煩事，當你呼喚我時，我可能無法像這樣騎著馬或搭火車來看你了。**你必須傾聽自己的內心，那時你會發現，我就在你心中。**明白了嗎？艾娃夫人說，如果你遇到麻煩，我可以把她的吻給你，她先吻了我，現在我把它給你。閉上眼睛，辛克萊！」

我順從地閉上眼，感到嘴唇上被淺淺吻了一下，那兒沾著血絲。然後，我就睡著了。

第二天一早，有人喊醒了我，是傷口該換藥了。我清醒過來後，第一件事就是側頭看旁邊的墊子。但上面躺的是一個陌生人。

傷口很痛，**之後的一切都很痛苦，但有時我可以深入內心世界，命運的意象在黑暗的鏡子中沉睡，我只需彎腰便能看到自己的意象，**現在我和他越來越像，我的兄長，我的人生導師。

附錄

赫曼・赫塞年表

一八七七年　七月二日赫曼・赫塞出生於德國符騰堡州的卡爾夫。父親約翰內斯・赫塞（一八四七～一九一六年）是傳教士，後來擔任「卡爾夫出版聯合會」主席。母親瑪麗（一八四二～一九〇二年）是著名印度學家赫曼・貢德特的長女。父母在印度傳教多年，赫塞家中，開放的世界性和宗教教育並存。赫曼・赫塞有姊姊阿德蕾、妹妹瑪麗、弟弟漢斯。

一八八一年　舉家遷居瑞士巴塞爾。赫塞在教會的男童學校上學，只能在星期日回家。一八八三年，其父取得瑞士國籍（之前為俄國國籍）。

一八八六年　遷回卡爾夫，住在外祖父家。這棟老宅以及卡爾夫周圍的景色多次出現在赫塞的小說中。

一八九〇年 在格平根的拉丁文學校學習，準備參加符騰堡州的考試，以求能在「圖賓根教會學校」接受免費的神學教育。為成為國民學校的學生，赫塞必須放棄瑞士國籍，因此他的父親在一八九〇年十一月在符騰堡為他申請到德國國籍。

一八九二年 三月七日逃離茅爾布隆學校，因為少年赫塞只想成為詩人。外祖父戲稱這是一次天才之旅。逃離後第二天被送回學校，可是強烈的內心矛盾使少年赫塞不斷生病，情況嚴重，五月終至退學；六月赫塞試圖自殺；六月～八月進斯特騰的精神病院療養；之後在坎施塔特高級文理中學學習。

一八九三年 四月外祖父去世。赫塞的學校生活雖不平靜，但他還是於七月份通過了一年志願考試。不過無法繼續學業，只得再次輟學。十月在一間書店當了三天學徒，後來便留在家中。

一八九四年 從六月到次年九月在卡爾夫的塔樓鐘錶當學徒；同時計畫移居巴西。

一八九五年 在圖賓根一家書店當學徒，一做三年。

一八九六年 在德國《德國詩人之家》（*Das deutsche Dichterheim*）上首次發表詩歌。

一八九八年 結束書店學徒生活。十月自費出版第一本詩集《浪漫之歌》（*Romantische Lieder*）。

一八九九年 六月散文集《午夜後一小時》（*Eine Stunde hinter Mitternacht*）出版；移居巴塞爾，直到一九〇一年一月都在書店做助手。

一九〇〇年 為《瑞士彙報》（*Allgemeine Schweizer Zeitung*）撰寫文章和文藝評論，開始累積聲譽。

一九〇一年 三月～五月第一次義大利之行；從一九〇一年八月到一九〇三年春季，在巴塞爾的一家舊書店賣書；《赫曼．勞舍爾遺留的文稿和詩歌》（*Die Hinterlassenen Schriften und Gedichte von Hermann Lauscher*）出版。

一九〇二年 獻給母親的《詩集》（*Gedichte*）出版，可惜母親未能親見兒子的新書。

一九〇三年 放棄書店工作後，赫塞第二次去義大利旅行，同行的還有瑪利亞．貝爾努利，她和赫塞在三月訂婚；《卡門欽得》（*Camenzind*）的手稿完成，受菲舍爾出版社（S.Fischer Verlag）的邀請，將稿件寄到了柏林；十月開始撰寫《車輪下》（*Unterm Rad*）。

一九〇四年 《鄉愁》（又譯：《彼得・卡門欽得》）（*Peter Camenzind*）由菲舍爾出版社出版，赫塞一舉成名；與瑪利亞・貝爾努利結婚，搬進巴登湖畔的一家農舍；成為職業作家，為許多報紙和雜誌撰寫文章；傳記研究《薄伽丘》（*Boccacio*）和《法蘭茲・阿西斯》（*Franz von Assisi*）出版。

一九〇五年 十二月兒子布魯諾出生。

一九〇六年 小說《車輪下》（寫於一九〇三～一九〇四年）由菲舍爾出版社出版；成立反對威廉二世專制統治、宣傳自由思想的雜誌《三月》（*März*），赫塞擔任編輯委員之一，直到一九一二年。

一九〇七年 短篇小說集《此岸》（*Diesseits*）由菲舍爾出版社出版。

一九〇八年 短篇小說集《鄰居》（*Nachbarn*）由菲舍爾出版社出版。

一九〇九年 三月，二兒子海納出生；赫塞進行了第一次巡迴德國的作品朗讀會。

一九一〇年 小說《蓋特露德》（*Gertrud*）出版。

一九一一年 七月，三兒子馬丁出生；詩集《途中》（*Unterwegs*）出版；九月～十一月與畫家好友漢斯・施圖爾策內格（*Hans Sturzenegger*）一起到印度旅行。

一九一二年 短篇小說《彎路》（*Umuege*）由菲舍爾出版社出版；前往維也納、布拉格、布爾諾和德勒斯登巡迴作品朗誦；全家遷居伯恩，住在已故畫家好友阿爾伯特・韋爾蒂（Alber Welti）的房子裡。

一九一三年 《印度箚記》（*Aus Indien*）由菲舍爾出版社出版。

一九一四年 小說《羅斯哈爾德》（*Rosshalde*）由菲舍爾出版社出版；兒子馬丁患神經方面疾病；十一月三日，《啊，朋友們，不要唱這調子！》（*O Freunde, nicht diese Töne*）在《新蘇黎世報》上發表，帶來德國民族主義者的仇視與謾罵。也因為這篇文章，羅曼・羅蘭開始與赫塞通信，並結下深厚的友誼。

一九一五年 《克努爾普》（*Knulp*）由菲舍爾出版社出版；詩集《孤獨者的音樂》（*Musik des Einsamen*）出版；短篇小說集《路邊》（*Am Weg*）出版；短篇小說集《美妙少年時》（*Schön ist die Jugend*）由菲舍爾出版社出版。

一九一六年 父親去世，妻子開始出現精神分裂，加上小兒子的病痛讓赫塞精神崩潰；首次接受心理治療，其心理師是榮格的學生朗格（J. B. Lang）。

一九一七年 別人建議赫塞停止寫評論時事的文章；他便首次匿名在報紙和雜誌上發表文章，筆名為「愛彌兒・辛克萊」（Emil Sinclair）；開始撰寫《德米安：徬徨少年時》（*Demian: Die Geschichte von Emil Ssinclairs Jugend*）。

一九一九年 匿名出版政治宣傳手冊《查拉圖斯特拉歸來》（*Zarathustra Wiederkehr*）；家庭破碎，與在精神病院的妻子分居，孩子託友人和親戚照顧；離開伯恩，遷往位於瑞士的蒙塔涅拉／提契諾的卡木齊居，開始長年的獨居生活；隨筆和詩歌集《小花園》（*Kleiner Garten*）出版；小說《德米安：徬徨少年時》由菲舍爾出版社出版，採用筆名愛彌爾・辛克萊；文集《童話》（*Märchen*）由菲舍爾出版社出版；創建並主編出版雜誌《我向活人召喚》（*Vivos voco*）。

一九二〇年 《畫家的詩》（*Gedichte des Malers*）出版，收錄了十首附有水彩畫的詩；杜斯妥也夫斯基評論《窺探混沌》（*Blick Chaos*）出版；小說集《克林索爾的最後一個夏天》（*Kligors letzter Sommer*）由菲舍爾出版社出版。

一九二一年　《詩選》（*Ausgewählte Gedichte*）由菲舍爾出版社出版；創作《流浪者之歌》（*Siddhartha*）的過程中經歷創作危機；榮格為他做心理分析。

一九二二年　《流浪者之歌》由菲舍爾出版社出版。

一九二三年　《辛克萊的筆記》（*Sinclairs Notizbuch*）出版；六月與瑪利亞・貝爾努利離婚。

一九二四年　放棄德國國籍，重新成為瑞士公民；並與女作家麗莎・溫格（Lisa Wenger）的女兒露特・溫格（Ruth Wenger）結婚。

一九二五年　《療養客》（*Kurgast*）由菲舍爾出版社出版，這是一部半真實半虛構的自傳體散文。可以說是赫塞最幽默的作品；到烏爾姆、慕尼黑、奧格斯堡和紐倫堡舉辦朗誦會。

一九二六年　散文集《圖畫集》（*Bilderbuch*）由菲舍爾出版社出版；當選為普魯士藝術學院院士；結識妮儂・多爾賓（Ninon Dolbin）。

一九二七年　《紐倫堡之旅》（*Die Nürnberger Reise*）和《荒野之狼》（*Steppenwulf*）由菲舍爾出版社出版；赫塞五十歲生日，首部赫塞傳記出版，作者為胡戈・巴爾（Huge Ball）；與露特・溫格離婚。

一九二八年 赫塞的散文集《沉思錄》（*Betrachtungen*）和詩集《危機》（*Krisis*）由菲舍爾出版社出版。

一九二九年 詩集《夜之慰藉》（*Trost der Nacht*）和《世界文學文庫》（*Eine Bibliothek der Weltliteratur*）由菲舍爾出版社出版。

一九三〇年 小說《納爾齊斯和哥德蒙特》（*Narziß und Goldmund*）由菲舍爾出版社出版；隨後赫塞退出普魯士藝術學院，托瑪斯·曼挽留未果。

一九三一年 十一月與妮儂·多爾賓結婚。

一九三二年 小說《東方之旅》（*Die Morgenlandfahrt*）由菲舍爾出版社出版；開始寫作《玻璃球遊戲》（*Das Glasperlenspiel*），這部小說從初稿到成書用了十二年的時間。

一九三三年 短篇小說集《小世界》（*Kleine Welt*）由菲舍爾出版社出版。

一九三四年 當選瑞士作家協會會員，該協會的成立主要是為了更完善地抵制納粹的文化政策，為流亡同人提供更有效的幫助；詩選《生命之樹》（*Vom Baum des Lebens*）出版。

一九三五年 短篇小說集《幻想故事書》（*Fabulierbuch*）由菲舍爾出版社出版；由於政治原因，菲舍爾出版社分裂為兩個部分，一部分位於德國境內，由彼得・蘇爾坎普領導，另一部分則是由戈特弗里德・貝爾曼・菲舍爾率領的流亡出版社，位於維也納；納粹有關當局不允許流亡出版社將赫塞作品的版權帶到國外。

一九三六年 三月獲戈特弗里德-凱勒爾文學獎；六音步詩《花園裡的時光》（*Stunden im Garten*）仍由維也納的戈特弗里德・貝爾曼・菲舍爾出版社（Bermann-Fischers Verlag）出版；九月與彼得・蘇爾坎普第一次接觸。

一九三七年 《紀念冊》（*Gedenkblötter*）和《新詩集》（*Neue Gedichte*）由柏林的蘇爾坎普・菲舍爾出版社（S. Fischers Verlag Berlin）出版；《跛腳少年》（*Der lahme Knabe*）在蘇黎世以內部出版物形式出版，由畫家阿爾弗萊德・庫賓配以插畫。

一九三九～一九四五年 一九四五年赫塞的作品在德國遭禁。《車輪下》、《荒野之狼》、《沉思錄》、《納爾齊斯和哥德蒙特》和《世界文學文庫》均不得再版；蘇爾坎普・菲舍爾出版社已經著手的《赫塞文集》不得不轉到瑞士的弗萊茨&瓦斯穆特出版社（Fretz & Wasmuth Verlag）。

一九四二年　位於柏林的蘇爾坎普・菲舍爾出版社出版《玻璃球遊戲》的申請遭拒；赫塞的第一部詩歌全集《詩集》（*Die Gedichte*）由蘇黎世的弗萊茨&瓦斯穆特出版社出版。

一九四三年　《玻璃球遊戲》由蘇黎世的弗萊茨&瓦斯穆特出版社出版。

一九四四年　赫塞的出版人蘇爾坎普被蓋世太保逮捕。

一九四五年　未完成的長篇小說《貝特霍爾德》（*Berthold*）以及新小說和童話集《夢之旅》（*Traumfährte*）由蘇黎世的弗萊茨&瓦斯穆特出版社出版。

一九四六年　評論集《戰爭與和平》（*Krieg und Frieden*）由蘇黎世的弗萊茨&瓦斯穆特出版社出版，收錄了自一九一四年以來對戰爭和政治的沉思。之後，赫塞的作品在德國可以再次出版；獲歌德文學獎；獲諾貝爾文學獎。

一九四七年　被伯恩大學授予榮譽博士稱號。

一九五〇年　鼓勵並促成彼得・蘇爾坎普成立自己的出版社。

一九五一年　《晚年散文集》（*Späte Prosa*）和《書信集》（*Briefe*）由蘇爾坎普出版社（Suhrkamp Verlag）出版。

一九五四年　童話故事《皮克多變形記》（*Piktors Verwandlungen*）由蘇爾坎普出版社出版；《赫塞—羅曼・羅蘭書信集》（*Der Briefwechsel: Hermann Hessel Romain Rolland*）由蘇黎世的弗萊茨&瓦斯穆特出版社出版。

一九五七年　《赫塞文集》（*Gesammelte Schriften*）由蘇爾坎普出版社出版，共七卷。

一九六一年　舊詩和新詩選集《階段》（*Stufen*）由蘇爾坎普出版社出版。

一九六二年　《紀念冊》由蘇爾坎普出版社出版，比一九三七年的版本多收錄了十五篇文章；七月二日八十五歲生日；八月九日在蒙塔涅去世。

國家圖書館出版品預行編目（CIP）資料

德米安：徬徨少年時：告別徬徨，堅定地做你自己。全新無刪減完整譯本，慕尼黑大學圖書館愛藏版／赫曼．赫塞著；趙麗慧譯. -- 初版
--新北市：方舟文化出版：遠足文化發行，2020.06
240面；14.8×21公分. --（心靈方舟：0AHT0024）
譯自：Demian: Die Geschichte von Emil Sinclairs Jugend
ISBN 978-986-98819-6-8
1. 赫曼．赫塞　2.自我成長　3.德奧哲學

875.57　　109005800

心靈方舟 0024

德米安：徬徨少年時

告別徬徨，堅定地做你自己。全新無刪減完整譯本，慕尼黑大學圖書館愛藏版

作　　者　赫曼・赫塞（Hermann Hesse）
譯　　者　趙麗慧
封面設計　職日設計
內頁設計　王信中
行銷經理　王思婕
總 編 輯　林淑雯

封面圖片來源　iStock by Getty Images

讀書共和國出版集團
社長　郭重興
發行人　曾大福
業務平臺總經理　李雪麗
業務平臺副總經理　李復民
實體通路經理　林詩富
網路暨海外通路協理　張鑫峰
特販通路協理　陳綺瑩
印務部　江域平、黃禮賢、李孟儒、林文義

出 版 者　方舟文化／遠足文化事業股份有限公司
發　　行　遠足文化事業股份有限公司
231 新北市新店區民權路108-2號9樓
電話：（02）2218-1417　傳真：（02）8667-1851
劃撥帳號：19504465　戶名：遠足文化事業股份有限公司
客服專線：0800-221-029　E-MAIL：service@bookrep.com.tw
網　　站　www.bookrep.com.tw
印　　製　通南彩印股份有限公司　電話：（02）2221-3532
法律顧問　華洋法律事務所 蘇文生律師
定　　價　350元
初版一刷　2020年 6 月
初版七刷　2023年 5 月

方舟文化官方網站

方舟文化讀者回函

特別聲明：有關本書中的言論內容，不代表本公司／出版集團之立場與意見，
文責由作者自行承擔

本書譯文由民主與建設出版社有限責任公司授權遠足文化事業股份有限公司 方舟文化
在臺灣、香港、澳門、新馬出版發行繁體字版本。

缺頁或裝訂錯誤請寄回本社更換。
歡迎團體訂購，另有優惠，請洽業務部（02）2218-1417 #1121、#1124
有著作權 ・侵害必究